Le chêne aux sortilèges

Françoise Saint-Chabaud – Charlotte Sjöstrand

Le chêne aux sortilèges

Françoise Saint-Chabaud – Charlotte Sjöstrand

À Alyssa et Adrien

À Ariane

Table des matières

Les personnages principaux

Chef de bande, **Ariane** est volontaire et n'a peur de rien. Elle admire Quentin et n'hésite pas à se mettre en danger pour l'aider.

Curieux et malicieux, le chat **Miou-Miou** est la mascotte de l'école. Ami de Quentin, il l'aide souvent dans ses tours de magie.

Grande et sèche, **mademoiselle Leneck** est une professeure bizarre. Elle inquiète ses élèves car son humeur est changeante et sa tenue vestimentaire étrange. Mais elle a du goût pour la magie....

Timide et courageux, **Quentin** se bat pour se faire accepter par ses nouveaux camarades. Peu à peu, il prend confiance en lui et découvre ses pouvoirs magiques.

Grand à la tignasse rousse, **Vicky** est un débrouillard. Très influent auprès des élèves et des professeurs, l'internat Saint-Romain n'a pas de secrets pour lui.

1 Une drôle d'école

Je n'ai pas sitôt franchi la grille d'entrée de l'internat dans lequel mon père m'a inscrit que je sais que mon avenir va s'y jouer. Peut-être à cause des bâtiments imposants du château qui se dressent devant moi et qui semblent crouler sous le poids des siècles. Je me fais immédiatement la réflexion que si les murs pouvaient parler, ils raconteraient sans doute des histoires terrifiantes. Cette idée me plaît et j'en conclus que je ne vais pas m'ennuyer dans cette drôle d'école.

Le sourire aux lèvres, je m'engage dans l'allée centrale qui mène à une terrasse surélevée où se pressent déjà de nombreux élèves. Au moment où j'accélère le pas, une sorte de géant à la tignasse rousse me bouscule et manque de me faire tomber. Furieux, je compte riposter quand le garçon me lance :

— Salut ! T'es nouveau à Saint-Romain ?

Je préfère ne pas répondre et me contente d'un hochement de tête.

— Je m'appelle Victor mais tout le monde ici me connaît sous le nom de Vicky, le roi de la débrouille. Alors un conseil, suis-moi. Tu ne vas pas le regretter !

Sans réfléchir, je lui emboîte le pas et je suis surpris de constater qu'au lieu de nous diriger vers l'entrée principale, nous obliquons vers la gauche. Malgré l'énorme pancarte INTERDIT plantée en plein milieu, nous traversons une pelouse impeccablement tondue. Heureusement, l'agitation règne un peu partout et personne ne semble nous avoir remarqués. En approchant du bâtiment qui servait autrefois d'écuries, j'aperçois un gros chat blanc qui ne nous quitte pas des yeux.

— T'inquiète, me dit Vicky qui a suivi mon regard. C'est le chat de l'école. Il fait peur au début et puis après on s'y habitue. Il est en fait totalement inoffensif... trop vieux pour ça.

Il a dit ces derniers mots en chuchotant comme s'il craignait que le chat ne les entende. L'animal n'a pourtant pas bougé et continue de nous observer. Un instant, je crois percevoir un éclair de malice qui danse dans ses **prunelles** et me

prunelle = pupille = petit cercle noir au centre de l'œil

demande s'il n'est pas en train de se moquer de nous.

— Grouille-toi, me crie le grand garçon soudain alarmé. On va se faire pincer.

Un petit groupe d'adultes en grande discussion vient d'apparaître au début de l'allée.

— Désolé, mais qui sont ces gens ?

— Des profs bien sûr et il vaut mieux qu'ils ne nous trouvent pas là car c'est interdit par le règlement.

— Ah bon !

— Évidemment quand on sort des sentiers battus, mieux vaut ne pas se faire prendre. Tu vas vite comprendre qu'ici tout est réglementé, à la virgule près.

Je pousse un profond soupir. C'est bien ce que je craignais. Je vais être obligé de me plier aux règles de Saint-Romain, cet internat réputé dans toute la Normandie pour sa discipline très stricte, moi qui ai goûté à la liberté à **Bora Bora**.

Bora Bora = petite île dans l'océan Pacifique où habitent les parents de Quentin

À cette pensée, je ne peux m'empêcher de glisser la main

droite sous ma veste, histoire de vérifier que mon **gri-gri**

📄 **gri-gri** = petit objet porte-bonheur magique

polynésien est bien accroché à mon cou. Oui, il est là et j'ai même l'impression qu'il dégage une certaine chaleur.

Sachant que ce n'est pas possible, je mets ça sur le compte de mon imagination.

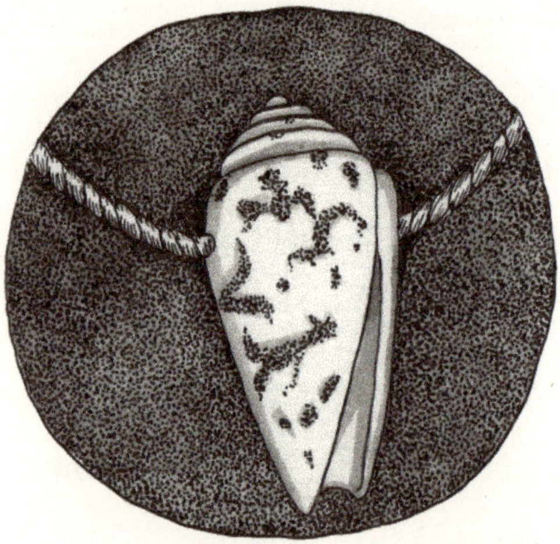

— Allez viens, me souffle Vicky. On va longer le **réfectoire**

📄 **Réfectoire** = cantine, salle à manger de l'école

et se cacher dans les buissons. Quand les profs seront partis, on se faufilera dans la cour du collège en passant par derrière sans avoir été obligés de croiser le dirlo.

C'est astucieux et je me dis que j'ai de la chance d'être tombé sur cette grande asperge un peu bizarre qui connaît les lieux comme sa poche. Alors, sans me poser de questions, je m'élance à sa suite évitant de faire le moindre bruit. Le chat nous regarde toujours fixement. On dirait qu'il nous surveille et je sens un frisson me chatouiller la nuque. Je me promets d'en apprendre plus sur cet étrange animal, une fois à l'abri des regards.

— À qui appartient ce curieux chat ? je lui demande au moment où nous arrivons à couvert.

— À la femme du directeur mais, dans la réalité, à personne. Il travaille pour son compte.

— Pour son compte ?

— Oui, il espionne les élèves et, en échange de son silence, on lui donne des gâteries qu'on achète avec notre argent de poche.

— C'est pas courant mais pourquoi pas.

Je n'ai pas envie de discuter, surtout pas le jour de la rentrée. Je ne me sens pas non plus très à l'aise dans cet environnement où tout est nouveau pour moi.

Et comme je veux absolument faire bonne impression auprès de mon nouveau camarade, je garde le silence. Le résultat n'est pas au rendez-vous car Vicky me donne une tape dans le dos en riant.

— Tous les nouveaux sont comme toi. Ils trouvent l'école bizarre en arrivant mais ils s'y font vite, à part quelques-uns qui dépriment avant de disparaître.

Il ajoute ensuite avec un clin d'œil :

— En somme, il n'y a que les bons qui restent !

J'espère être dans cette catégorie et, pour cacher ma gêne, j'émets un petit gloussement qui se perd aussitôt dans un bruit assourdissant. Vicky n'est pas long à réagir. Il se jette au fond de notre cachette, m'entraînant derrière lui tout en me faisant signe de me protéger la tête avec mes mains.

Enfin, quand le calme est revenu, il explique :

— C'est le jardinier, un fou furieux, qui passe son temps à tondre la pelouse avec son gros tracteur.

— Mais elle est déjà tondue !

— C'est ce que je te dis, ce mec est taré et dangereux. Il s'amuse à passer à ras des arbustes. Parfois il y pénètre soi-disant pour éliminer les mauvaises herbes mais, en fait, il espère écraser les tortues qui s'y cachent. On ferait mieux de décamper.

Avisant une porte entrouverte, le grand garçon s'élance et

aviser = voir soudain quelque chose ou quelqu'un

s'engouffre à l'intérieur. Je le suis, le cœur battant.

Nous sommes à présent dans les anciennes écuries du château qui ont été transformées en **réfectoire**.

On y voit encore les anciennes mangeoires et de longues tables de bois occupent tout l'espace.

— Alors, qu'est-ce que tu en dis ? ricane Vicky. Je parie que tu n'as jamais vu un truc pareil.

Je m'exclame abasourdi :

— C'est dingue ! On se croirait dans un autre monde.

— Mais tu y es, mon pote ! Tu es dans le monde de Saint-Romain, gardien des vieilles traditions et de l'excellence. Ajoute à ça quelques profs excentriques plus un dirlo fêlé et tu auras une bonne idée de l'école où ton paternel t'a mis.

Je ne sais plus quoi penser. Pourquoi mon père a-t-il choisi cet internat un peu particulier, éloigné du Havre et de tous mes anciens copains ? Il doit avoir une bonne raison !

— Remarque, continue Vicky en faisant des moulinets avec ses longs bras, beaucoup sont fiers d'être ici. Il faut dire que les résultats au bac sont très bons.

— Les résultats au bac ! Mais ça ne me concerne pas, je ne suis qu'en cinquième.

— Ne rêve pas… Si ton père t'a inscrit ici, c'est pour ta scolarité entière. C'est toujours le cas.

Le coup est rude et je sens mon moral s'effondrer. Abandonné de tous, orphelin en quelque sorte, je ne peux compter que sur moi-même et je refoule mes larmes. Affichant un sourire contraint, je déclare alors **crânement** :

crânement = courageusement, fièrement

— Ok, pas de problème. Je suis prêt à relever le défi.

— Cool ! Tu vas voir, on va bien s'amuser malgré les règles de l'établissement. Tu sais, il suffit de les contourner et, là, fais-moi confiance, je suis un pro en la matière.

Pensant que c'est sans doute plus facile à dire qu'à faire, je me demande si mon nouveau copain n'est pas un peu vantard. Je le saurai bien assez tôt. Pour l'instant, mieux vaut ne pas trop me poser de questions et concentrer mes efforts à apprendre à m'orienter dans cet immense labyrinthe.

— C'est grand comment ici ?

— Oh… impossible de te le dire. Le château a des centaines de pièces, les dépendances où se trouvent le **réfectoire**, les salles de sport et le théâtre. Il y a aussi un immense parc avec plusieurs terrains de tennis et une piscine, sans parler d'une forêt qui entoure le domaine et où personne n'a le droit d'aller.

— Les dortoirs… ils sont où ?

— Dans l'aile nord du château, la plus froide, tandis que l'aile sud, la plus agréable, est réservée à l'administration et aux professeurs qui logent sur place. Les salles de cours sont réparties dans le bâtiment central et au rez-de-chaussée de chacune des ailes du château. Il y a aussi les greniers et les sous-sols mais ils sont évidemment interdits aux élèves.

— On doit s'y perdre au début ?

— Ouais c'est vrai, il faut un certain temps pour s'habituer. Chaque année, c'est la même rigolade : on se moque des petits nouveaux qui arrivent en retard aux cours ou qui ne retrouvent pas leur dortoir. Mais t'inquiète, ça ne dure pas longtemps.

Là-dessus, Vicky sort une grosse montre de sa poche et regarde l'heure en fronçant les sourcils.

— On devrait se dépêcher car on va finir par arriver en retard à la réunion d'élèves qui se tient dans le grand hall d'entrée. C'est un moment important. Monsieur Dupré, notre directeur, fait un discours et remet aux nouveaux la pochette de l'école.

— C'est quoi la pochette de l'école ? je demande, très intrigué.

— C'est un dossier qui contient ton numéro d'élève, quelques fournitures aux initiales de Saint-Romain, des recommandations et enfin l'étage de ton dortoir, le numéro de ta chambrée avec le numéro de ton lit. Ensuite chaque élève va chercher ses bagages à la conciergerie puis se rend à son dortoir. Mais assez parlé, suis-moi.

Nous traversons l'immense **réfectoire** avant d'atteindre une sortie qui débouche sur une cour ombragée. Elle est déserte. Seul un perroquet comme je n'en ai jamais vu se tient sur un perchoir, immobile. L'oiseau est occupé à nettoyer ses plumes multicolores et nous ignore superbement.

— C'est Jacquot, la mascotte de l'école, me souffle Vicky devant mon air interrogateur. Il ne nous trahira pas. Sois tranquille, nous allons entrer par cette porte qui donne tout au fond du hall et personne ne nous remarquera.

Au moment où nous pénétrons dans la vaste salle, les élèves

se lèvent pour accueillir le directeur qui monte sur une estrade, suivi par deux professeurs à la mine sévère.

— C'est Chichemine et Crâne d'œuf ! chuchote Vicky, deux peaux de vache que, j'espère, nous n'aurons pas en classe.

À cet instant, le directeur tape sur son micro, s'éclaircit la voix et déclare :

— Mes chers enfants, je suis heureux de vous accueillir une nouvelle fois à Saint-Romain et souhaite particulièrement la bienvenue aux nouveaux arrivants. Je vous rappelle que notre institution, bien que laïque, est placée sous le patronage d'un saint normand, et pas n'importe lequel puisque, évêque de Rouen, il est devenu le patron de cette grande et belle ville. Avant de vous retrouver au **réfectoire** autour de notre habituel banquet de début d'année, je vais laisser le soin à mes collègues de procéder à la répartition des élèves dans les différents dortoirs. Cette année, nous avons décidé d'imiter nos amis anglais et avons créé trois maisons d'internat. Elles ont pour nom Reine Mathilde, Annie Ernaux, Rollon, homme et femmes célèbres de notre région. Chaque maison est placée sous l'autorité d'un chef de maison et regroupe plusieurs dortoirs avec chacun un surveillant.

On entend quelques soupirs étouffés et je sens ma gorge se

serrer. C'est pire que ce que j'ai imaginé et je me demande si je vais tenir le coup. Heureusement, Vicky n'arrête pas de me faire des clins d'œil, sans doute pour me remonter le moral.

— Je vous propose, continue le directeur, de vous ranger par année en suivant le fléchage que nous avons tracé au sol.

Le brouhaha qui suit est à la hauteur de la surprise des élèves qui se mettent à se bousculer et à regarder leurs pieds avec angoisse. C'est alors que Chichemine prend la parole.

— Tout le monde me connaît ici. Cette année, je suis le chef de la maison Reine Mathilde qui regroupe les élèves de la seconde à la terminale. Les dortoirs sont au premier étage du bâtiment central, je vous demanderai de vous y rendre dans le plus grand silence.

Une onde d'excitation parcourt les élèves quand les plus âgés d'entre eux quittent la salle. Il est clair que chacun se demande où il va être affecté et, surtout, quel responsable il va avoir. Sur l'estrade, Crâne d'œuf s'agite sur sa chaise, allongeant le cou en direction de l'entrée quand, soudain, la porte s'ouvre et une femme au visage sévère apparaît dans l'encadrement. Elle semble tout droit sortie d'un autre âge avec sa longue jupe noire, son chignon en équilibre sur le sommet de sa tête et ses lunettes écaille.

Détail étonnant : un énorme trousseau de clés et une étrange baguette pendent à sa ceinture. Elle jette un regard circulaire sur l'assemblée puis se dirige vers l'estrade. Après avoir salué le directeur, elle empoigne le micro et déclare d'une voix forte :

— Je suis mademoiselle Leneck, responsable de la maison Rollon, celle des sixièmes et des cinquièmes. Vos dortoirs sont au deuxième étage de l'aile nord du château. Que les élèves concernés s'avancent.

Le regard de la professeure s'attarde un instant sur un élève qui rougit fortement et ajuste sa tenue. D'une main tremblante, j'essaie de remettre une mèche rebelle en place.

— Les codes vestimentaires de l'école doivent être absolument respectés par tous, même par les nouveaux. Je ne vous le dirai pas une deuxième fois.

J'ai l'impression que la professeure s'adresse directement à moi et je me mets à trembler. Est-ce possible que, dès le premier jour, je me mette à dos la responsable de ma maison ? Je regarde autour de moi : les autres élèves ont l'air effrayés, eux aussi. Je ne suis donc pas seul dans cette galère. Rassuré et voyant que Vicky est repoussé vers un autre groupe d'élèves, je lui fais un signe d'amitié. Puis, résigné, je me range derrière une fille dont les longs cheveux tombent en cascade sur ses épaules.

— Je parie que tu es nouveau ? fait-elle en **minaudant**.

minauder = faire des manières pour plaire ou séduire

J'**acquiesce**, soudain intimidé.

acquiescer = accepter d'un signe de tête, approuver

— Je m'appelle Solène et je suis en cinquième. C'est ma deuxième année à Saint-Romain. Tu verras, c'est facile, tu n'auras qu'à m'imiter.

— Silence ! hurle la femme en noir. Mettez-vous en rangs par deux.

Quand Solène vient se mettre à côté de moi, j'ai le temps de lui souffler :

— Je m'appelle Quentin et j'aimerais être ton ami.

Je n'ai jamais rencontré une fille aussi jolie et je me sens prêt à vaincre tous les obstacles, pourvu qu'elle accepte mon amitié. Dans l'attente de sa réponse, je reste figé près d'elle, ignorant les autres élèves qui s'agitent autour de nous. Solène n'a pourtant pas l'air pressée de me répondre : elle n'arrête pas de faire un sourire à l'un, un signe d'amitié à l'autre. Je commence à désespérer quand elle se tourne enfin vers moi et déclare :

— J'accepte, mais à la condition que tu sois mon chevalier servant toute l'année.

— Bien sûr ! je lui réponds sans chercher à savoir ce qu'elle veut dire.

Le sourire qu'elle m'adresse finit de me conquérir et c'est les yeux pleins d'étoiles que je la suis. La vie promet d'être belle à Saint-Romain.

2 Un apprentissage difficile

Mon euphorie ne dure pas. À peine suis-je arrivé devant l'aile nord du château que Solène dit en me prenant de haut :

— Toi le garçon dont j'ai oublié le nom, tu vas t'occuper de mes bagages et me les apporter au dortoir des filles, celui des cinquièmes. Ok ?

Interloqué, je n'ai pas le temps de répondre, la voilà déjà partie avec un groupe d'élèves qui caquètent et rient tout en jetant des regards dans ma direction.

— Ne t'en fais pas, mon pote ! Moi aussi, je dois m'occuper des bagages d'une fille. C'est la tradition à Saint-Romain.

Le garçon qui vient de m'interpeller est un peu plus grand que moi et porte des lunettes. Il a un regard franc qui me plaît tout de suite.

— Je m'appelle Adrien et je suis en cinquième, continue-t-il avec un large sourire. Si tu veux, on peut faire équipe ensemble. Chaque année, on doit se mettre en binôme pour affronter victorieusement toutes les épreuves que l'école nous impose et, crois-moi, ce n'est pas inutile.

— C'est quoi, ces épreuves ! On ne m'a rien dit.

— C'est toujours pareil, fait le garçon en haussant les épaules. Les parents préfèrent ne pas trop en savoir du moment que ça les arrange… ton père comme les autres. Je suis désolé de te l'apprendre.

Puis, remarquant mon air contrarié, il ajoute :

— L'important c'est d'être prévenu et, surtout, d'avoir des copains au courant. Alors c'est ok, on fait équipe ?

Je réfléchis à toute vitesse. Depuis que je suis arrivé, tout me semble si bizarre que j'ai besoin de copains. Après Vicky, Adrien. Pourquoi pas ?

— Je suis d'accord, on fait équipe.

— Tope là !

Adrien a à peine dit ces mots qu'il disparaît comme par enchantement. Je me retrouve seul. Pas tout à fait. Des élèves arrivent de plus en plus nombreux, me bousculant avant de s'engouffrer dans le bâtiment. Prenant mon courage à deux mains, j'entre à mon tour dans le hall et m'arrête au pied d'un immense escalier. Je remarque deux valises et plusieurs sacs qui semblent avoir été abandonnés. Mais, en m'approchant, je vois le nom de Solène inscrit sur chaque bagage et je comprends qu'elle les a déposés à mon intention. En un éclair, je me rappelle que j'ai promis d'être son chevalier servant.

Le moment est venu d'être à la hauteur.

Je soupire et tire de mon cartable la pochette de l'école. Il me faut en effet d'abord m'orienter. Je vérifie que le dortoir des cinquièmes est bien au deuxième étage mais, soudain, je suis pris d'un doute. Et si le dortoir des filles n'était pas au même étage que celui des garçons ? Apercevant un groupe d'élèves qui approche, je leur fais signe. L'un des plus âgés des garçons s'arrête et me demande d'un ton moqueur ce que je cherche. Comprenant aussitôt que je suis nouveau, il me sourit et me propose de me guider.

— Sans moi, explique-t-il, tu vas te perdre dans le dédale des couloirs du château ; il faut du temps avant de s'y retrouver.

Soulagé, je suis sur le point de le remercier quand il ajoute :

— Il y a un prix à payer. Tu es au courant ?

Devant mon absence de réaction, le garçon précise :

— Je m'appelle Pierre et je suis en troisième. Je peux devenir ton protecteur ; en échange, tu seras mon serviteur. Qu'en dis-tu ?

Je ne sais d'abord pas quoi répondre. Mais, sentant l'urgence de la situation, je finis par faire oui de la tête.

— Parfait. Alors suis-moi !

Reste le problème des bagages. En plus des deux valises, il y a trois sacs assez encombrants. Comment est-ce que je vais m'y prendre pour les déplacer tous ensemble ? Il n'est pas question d'en laisser derrière. Pierre, voyant mon hésitation, me dit en riant :

— Tu as autant de bagages qu'une fille, ma parole !

— Justement ils appartiennent à une fille dont je suis le chevalier servant.

— Normal. C'est la coutume ici pour les nouveaux arrivants et les élèves des petites classes. Il va falloir t'y faire ! Aujourd'hui, je vais t'aider à les porter. Ensuite, il faudra te débrouiller par toi-même.

Il saisit les deux valises et s'élance dans l'escalier sans s'occuper de moi qui me débats avec les trois sacs de voyage, apparemment trop volumineux pour moi.

Finalement, je réussis à en caler un sous mon bras droit et à prendre un sac dans chaque main.

— N'oublie pas que tu es aussi mon serviteur ! me lance Pierre par-dessus son épaule. Je te retrouve sur le palier des cinquièmes.

Je le regarde gravir les marches comme si les deux valises ne pesaient presque rien. Admiratif, je le suis, essayant d'imiter sa cadence sans y réussir. Le constat est sans appel : je n'ai pas sa forme ! Arrivé au deuxième étage, Pierre m'attend, les mains sur les hanches.

— Va falloir faire plus de sport, mon vieux, si tu veux être digne de cette école. Sinon tu vas en chier ! ricane-t-il.

Sans plus attendre, il tourne les talons et s'enfonce dans un interminable couloir qui s'ouvre sur plusieurs portes avec des numéros et au bout duquel se trouve un escalier en colimaçon.

— Voilà, nous y sommes ! Tu as un demi-étage à monter pour arriver au dortoir des filles. À toi de te débrouiller maintenant.

Je compte lui demander des explications quand Pierre ajoute d'un air mystérieux :

— Et nous, on se retrouve au **réfectoire**.

Resté seul, je sens les larmes me monter aux yeux. Découragé, perdu dans cet environnement hostile, je n'ai qu'une envie : retrouver mes parents, mon copain Maui et la gentille Louise. Sans réfléchir, j'agrippe le **gri-gri** qui pend à mon cou. Une très légère vibration semble me répondre. Je ferme les yeux et mon esprit soudain enfiévré se laisse emporter à des milliers de kilomètres, sur l'île de **Bora Bora**, petit confetti au milieu du Pacifique sud où vivent maintenant mes parents. Une main se pose sur mon épaule et me fait sursauter.

— Eh bien, qu'est-ce que tu fabriques ! Tu as vu un fantôme ?

Mieux que ça, j'ai senti pour la première fois la présence du vieux sorcier de **Bora Bora,** flotter autour de moi. Il va m'aider, c'est sûr. Ne m'a-t-il pas transmis le ***mana***, cette force sacrée que seuls quelques initiés possèdent !

mana = force magique

Je ne sais pas encore m'en servir mais je vais apprendre grâce au **gri-gri** qu'il m'a donné et qui veille sur moi.

— Aux cœurs purs, rien ne résiste, m'a dit le vieil homme le jour de mon départ en France. À cette pensée, un large sourire s'étale sur mon visage.

— Tu vois aussi passer des anges ? se moque Adrien en m'observant avec étonnement.

— Je t'expliquerai plus tard. Aide-moi plutôt à monter les bagages.

Adrien hausse les épaules et décide de prendre les choses en main :

— Voilà ce que je te propose : tu restes ici pour les surveiller et moi, je fais tranquillement plusieurs voyages pour apporter les bagages aux filles. Ça te va ?

— Oui, à condition que tu saches où se trouve le lit de Solène.

— Rien de plus facile, répond-t-il en éclatant de rire. Ta Solène est la meilleure copine de Clara, la fille dont je suis le chevalier servant. Tu vois, mon pote, tout s'arrange !

En effet, tout semble s'arranger. Je me dis que ma chance est d'avoir un bon copain, à moins que mon **gri-gri**... mais je chasse bien vite cette idée folle. Les îles du Pacifique sont loin et la fantaisie ne règne pas dans cette école.

3 Une étonnante découverte

Une fois les bagages des filles rendus à leurs propriétaires, je décide de m'occuper des miens qui sont restés à la conciergerie de l'école. Il commence à se faire tard et je dois me dépêcher.

Une déception m'attend. Tous les élèves étant censés être dans leurs dortoirs en train de ranger leurs affaires, je trouve la porte de la conciergerie fermée. Pas de sonnette pour appeler ni de numéro de téléphone d'urgence ! Je panique en pensant que mon uniforme est à l'intérieur de ma valise. Le règlement est formel : tous les élèves doivent le porter. Sans exception. Comment est-ce que je vais faire ? Anéanti, je m'assois au pied de la porte à la recherche d'une idée qui me tirera de ce mauvais pas. Soudain, j'aperçois le gros chat blanc de l'école qui se dirige tranquillement dans ma direction. Je n'ose pas le regarder, m'imaginant qu'il ne s'intéressera pas à moi. Mais je suis surpris de le voir s'approcher et se frotter contre mes jambes.

— Tu veux être mon copain, toi aussi ?
Un étrange miaulement me répond. Prenant mon courage à deux mains, je lève les yeux et croise deux boules jaunes qui me fixent. Je n'y lis aucune méchanceté ni indifférence. Au contraire, il me semble que le chat cherche à m'aider.
— Est-ce que tu sais entrer à l'intérieur ? je lui demande à tout hasard, en le grattant derrière l'oreille.
Le chat se met à ronronner d'aise, puis émet une légère roucoulade. Ensuite, il cligne des yeux, s'étire et se met à longer le mur de la conciergerie en se retournant plusieurs fois comme pour m'indiquer qu'il faut lui faire confiance. Je comprends son message, me lève et le suis.
Très vite, le chat disparaît dans un étroit passage dont l'entrée est cachée par un arbuste. Débouchant sur une courette, l'animal se dirige vers une porte vitrée qui est restée entrebâillée. Je m'y glisse à sa suite.
À l'intérieur, les rayonnages qui garnissent les murs sont vides, à l'exception d'une étagère où semblent avoir été oubliés un sac et une valise que je reconnais immédiatement.
Sans perdre une minute, je prends mes bagages et sors.

Je me sens un peu honteux et j'ai hâte de me retrouver dans le dortoir des cinquièmes pour découvrir mon nouvel environnement. Je ne veux surtout pas me faire remarquer et j'en oublie le chat qui trottine sur mes talons. Grave erreur. L'animal, vexé, bondit soudain en avant et me barre le chemin. Le dos rond, les yeux lançant des éclairs, il s'apprête à cracher quand je devine sa colère et m'accroupis à sa hauteur :

— Désolé, j'ai oublié de te remercier pour ton aide. Je n'oublierai jamais ce que tu as fait pour moi, tu sais. Veux-tu me pardonner ?

Le chat me considère avec attention et se calme. Puis il émet une sorte de roucoulement aigu en plissant des yeux. Très étonné, je lui demande :

— Tu comprends le langage des humains ?

L'animal cligne des yeux comme s'il comprenait. C'est alors que je me rappelle ce que m'a dit Vicky. J'ai quand même envie de vérifier si c'est vrai, n'étant pas du genre à croire tout ce que mes copains racontent. Mais j'hésite. Le gros chat continue de m'observer avec curiosité. N'ayant pas envie de le mettre de nouveau en colère, je lui demande timidement :

— Je peux te poser une question ?

Le chat cligne des yeux.

— Es-tu d'accord pour qu'on s'aide mutuellement ?

Un grondement me répond et je m'empresse d'expliquer ce que je veux dire :

— Tu me montres les endroits intéressants de l'école et du coin ; moi, en retour, je t'apporte toutes les friandises que tu aimes.

Cette fois, le chat émet un joyeux miaulement et se roule sur le dos. Nous sommes devenus amis et je me sens heureux pour la première fois. C'est à ce moment précis qu'une chose étonnante arrive. En me penchant pour le caresser, mon pendentif heurte le nez du chat et un crépitement suivi d'un éclair se produit. Un peu comme un court-circuit électrique !

Sur le moment, je n'y prête pas vraiment attention, trop pressé d'aller à la découverte de mon dortoir. Mais, arrivé sur place, je me demande si Miou-Miou – c'est le nom que je lui ai donné – n'a pas le ***mana*** lui aussi.

Décidément, rien n'est comme ailleurs dans cette école.

4 Des amis encombrants

Quelle n'est pas ma surprise quand, en arrivant sur le palier des cinquièmes, je trouve Adrien qui m'attend.

— Dépêche-toi, mon pote, c'est bientôt l'heure du banquet au **réfectoire** ! J'ai fait ton lit pour gagner du temps et tu n'as plus qu'à ranger tes affaires dans ton armoire et enfiler ton uniforme.

Je m'apprête à sortir la pochette de l'école pour vérifier le nom de ma chambrée et le numéro de mon lit quand Adrien me tire par la manche.

— Ne perds pas de temps ! Donne-moi ton sac et suis-moi. Je me suis arrangé pour avoir le lit à côté du tien. Ça t'épate, hein ?

Oui, je suis impressionné et content d'avoir un ami aussi sympa. Je me demande comment Adrien réussit à se débrouiller dans cet endroit où tout est réglementé. Je commence même à trouver qu'il en fait un peu trop. Va-t-il me demander, comme Pierre, un service en retour ?

Une demi-heure plus tard, je dévale le grand escalier pour me rendre au **réfectoire**. Le banquet de début d'année est un moment important qu'il ne faut surtout pas rater. Et pas seulement en arrivant en retard ! Je passe en revue dans ma tête les consignes que mon nouveau copain m'a énumérées, essayant de ne rien oublier. D'abord, je dois venir vêtu d'un uniforme impeccable : veste noire, pantalon gris et cravate. Puis je dois apporter un petit cadeau à la fille dont je suis le chevalier servant. Enfin, je dois repérer où se trouve mon protecteur pour aller m'assoir à ses côtés et le servir pendant le repas.

L'inquiétude me gagne au moment où j'entre dans la vaste salle. Côté uniforme, je me fais la réflexion que le mien est froissé, sans parler de mes chaussettes qui ont la fâcheuse habitude de se mettre en accordéon dès que je suis pressé. Heureusement, pour le cadeau que je réserve à Solène, j'ai choisi un joli coquillage de Tahiti et espère la surprendre, peut-être même gagner son admiration.

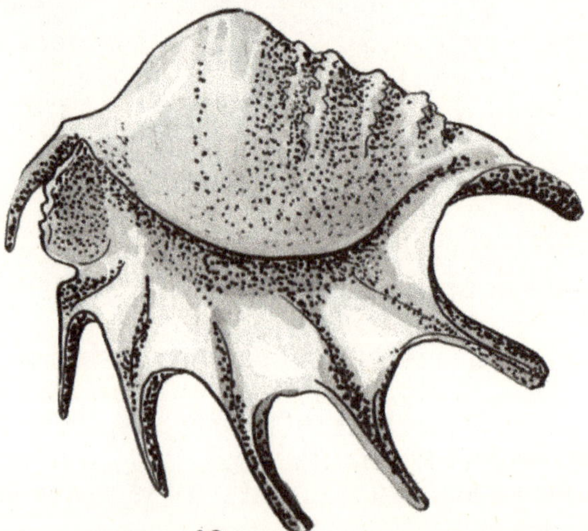

Reste à trouver Pierre parmi tous les élèves attablés autour des longues tables en bois qui meublent le **réfectoire**.

Je jette un regard circulaire et mon sang se glace. Mademoiselle Leneck patrouille entre les tables, inspectant de son œil impitoyable la tenue des élèves. Je reste pétrifié sur place, ne sachant pas quoi faire, quand soudain toutes les têtes se tournent vers la porte principale. Le perroquet de l'école fait son entrée, perché sur le poing ganté du directeur. J'en profite aussitôt pour me faufiler jusqu'à la table la plus proche où je m'assois sans même regarder autour de moi. À ma grande surprise, une voix qui ne m'est pas totalement inconnue me chuchote à l'oreille :

— Eh bien, on peut dire que tu as de la veine ! Sans Jacquot, c'est sûr, tu te faisais repérer.

Pierre me regarde, un drôle de sourire aux lèvres et semble s'amuser. Puis, au moment où le directeur monte sur l'estrade et saisit le micro, il ajoute :

— Je me demande comment tu vas te débrouiller pour le service de table sans te faire punir !

Tous les chuchotements cessent quand le directeur prend la parole. Seul le perroquet se permet quelques cris et battements d'aile avant de s'installer sagement sur son perchoir.

— Mes chers enfants… commence monsieur Dupré en faisant signe aux trois professeurs de monter sur l'estrade à côté de lui, cette année va être une année particulière. Nous fêtons les cinquante ans de cette belle école et nous n'aurons qu'un objectif : atteindre l'excellence. Dans tous les domaines. J'y veillerai personnellement, aidé par vos responsables de maison ici présents. Mais, avant cela, place au banquet !

Un tonnerre d'applaudissements salue cette annonce. Pourtant, les gorges se serrent. L'année promet d'être difficile pour tous les élèves.

— Allez, vas-y le nouveau ! m'ordonne Pierre en me poussant du coude. Rapporte-nous le meilleur !

Je me lève, décidé à relever ce nouveau défi. Apercevant plusieurs élèves qui se dirigent vers le fond du **réfectoire**, je les suis. Très rapidement, je vois un énorme buffet qui croule sous la nourriture. Je n'en ai jamais vu autant : des piles de poulets rôtis entiers, des steaks XXL et des montagnes de frites. Il y a aussi des gâteaux et des tartes, des crèmes au chocolat et des glaces en quantité incroyable ! De quoi faire saliver les plus gourmands !

Observant du coin de l'œil les élèves qui se trouvent devant moi, je m'approche du buffet et prends comme eux un grand plat creux. Je vois mon voisin empiler joyeusement frites et poulets, je me dis alors que je n'ai plus qu'à l'imiter. Ensuite, je choisis une large coupe que j'emplis pêle-mêle de gâteaux de toutes sortes.

— Quoi ! fit Pierre en me voyant arriver. Tu n'as pas pris de *deligla* ?

Je reste **bouche bée** de surprise car je n'ai jamais entendu

bouche bée = la bouche ouverte d'étonnement

ce mot.

— *Délicieuses glaces*, rectifie Pierre en levant les yeux au ciel. Allez, retourne en chercher !

L'un des garçons de la table, ayant pitié de moi, se lève et dit :

— J'y vais, tu vas te faire pincer avec ton uniforme chiffonné.

Je pousse un soupir de soulagement et me promets de ne

pas oublier le visage de celui qui vient de me tirer d'affaire sans me connaître.

— Tu ne perds rien pour attendre, me menace Pierre en mastiquant une bouchée de poulet. Je n'aime pas les mecs qui ont la trouille.

Je comprends la leçon et n'hésite pas, durant le repas, à me lever pour aller chercher plusieurs carafes d'eau et des bouteilles de jus de fruits, malgré le regard aigu que mademoiselle Leneck promène sur la salle de **réfectoire**. Je me demande d'ailleurs lequel des deux, mon soi-disant protecteur ou ma responsable de maison, est le plus à craindre. Je suis saisi d'un doute : est-ce que je vais réussir à me faire une place dans cette terrible école ? Un doux frottement contre ma jambe me donne la réponse.

Miou-Miou s'est faufilé sous la table et me dit, à sa manière, que je ne suis pas seul. Au même moment, je remarque un grand garçon qui me fait des signes d'une table voisine.

C'est Vicky. Le gros chat blanc a raison, j'ai commencé à me faire des amis et, bientôt, j'aurai moi aussi ma place ici.

À la fin du repas, je décide de ne pas aller dans la salle de jeux commune où se précipitent la plupart des élèves.

J'aimerais m'isoler pour repenser aux événements de cette première journée. Comme les dortoirs sont restés ouverts, j'en profite pour regagner celui des cinquièmes. Je croise quelques filles dans l'escalier qui pouffent de rire en me voyant, puis arrive devant la porte de ma chambre *Les Chardons*, une chambrée de six lits. Un curieux miroir à moitié brisé pend bizarrement à la poignée. Instinctivement, je jette un coup d'œil à mon image et ce que je vois m'emplit de consternation. Ma cravate est complètement de travers et tachée de crème chantilly ! C'est un miracle qu'aucun des professeurs ne l'ait remarqué. Avec mon mouchoir, je m'empresse de tout nettoyer et de redresser ma cravate, puis je me dirige vers mon lit, très contrarié.
Adrien m'attend, un sourire énigmatique aux lèvres.
— J'ai un projet qui peut t'intéresser.

5 Un secret bien gardé

Je viens à peine de m'assoir sur mon lit que, déjà, Adrien me tire par la manche et me lance :

— Tu te reposeras plus tard ! On a mieux à faire.

Je suis sur le point de lui demander des explications quand je note une curieuse lueur dans son regard. Veut-il me proposer un nouveau jeu ? Son air mystérieux me pousse plutôt à penser qu'Adrien a l'intention de me livrer un secret. Je sens l'excitation me gagner.

— Je t'écoute.

— Ce que je vais te révéler, reprend mon copain en baissant la voix, personne n'est au courant. Mais avant, tu dois me jurer de garder ce secret pour toi.

— Évidemment, dis-je en haussant les épaules. Pour qui me prends-tu ?

— C'est dangereux également.

Décidément, mon nouveau copain Adrien ne me fait pas

confiance. Vexé, je me lève et fais mine d'ouvrir mon cartable.

— Ça ne t'intéresse pas ?

— Bien sûr que si ! Mais c'est à toi de savoir si tu veux m'en parler.

Adrien reste silencieux pendant une longue minute, puis se décide brusquement :

— OK. Jure que tu ne diras rien même si on nous menace de nous renvoyer de l'école, dit-il en tirant de sa poche un minuscule cercle en bois.

Je me souviens avoir vu une scène semblable dans une série télévisée, alors je ne m'étonne pas. J'étends la main au-dessus du cercle et je jure d'une voix ferme.

— Maintenant écoute attentivement ce que je vais te dire.

L'instant est **solennel** et je retiens mon souffle.

solennel = sérieux et important

— Au fond du parc se trouve un vieux mur dans lequel il y a un passage qui permet de sortir du domaine sans être vu et de pénétrer dans la forêt voisine. Moi seul le connais et je peux t'y emmener.

Je suis suspendu à ses lèvres et lui fais signe de continuer. Adrien ne se fait pas prier.

— À travers bois, un sentier mène à une friche, entourée d'une épaisse végétation…

— …c'est quoi une friche ?

— Un terrain ou un bâtiment à l'abandon. Dans notre cas, c'est une grande maison à moitié en ruine.

— Comment l'as-tu découverte ?

— Par hasard.

— Et personne ne s'est jamais aperçu de ton absence ?

— Non, pour la bonne raison que j'y suis allé à chaque fois en pleine nuit.

— En pleine nuit ! je répète, n'arrivant pas à y croire.

— Eh oui, mon pote. Tu as affaire à un pro des friches. J'ai tout lu sur le sujet et je sais exactement ce qu'on a le droit ou pas de faire.

Je suis tellement étonné que j'en reste muet. Pourtant une question me tracasse et je finis par demander :

— Tu y vas tout seul ?

— Oui, en général. Parfois un élève de quatrième

m'accompagne. Je crois d'ailleurs que tu as déjà fait sa connaissance. C'est Vicky.

— Le grand garçon à la tignasse rousse ?

— Exactement. Tu sais c'est un peu la star ici. Il connaît les moindres recoins de l'école et le nom de tous les élèves. Du coup, les profs font souvent appel à lui et, en échange, ils ferment les yeux sur ses manquements à la discipline.

— PRA TI QUE !

— Si on veut, car Vicky a parfois des idées bizarres et peut faire foirer le plan le plus astucieux.

Nous pouffons de rire en même temps à cette idée.

Mais Adrien redevient vite sérieux et demande :

— Tu es prêt à m'accompagner ?

— Oui. Mais pourquoi moi ?

— Parce que quelque chose me dit que tu vas m'aider à comprendre certains phénomènes.

6 Frissons garantis

J'ai suivi Adrien sans un mot. Équipés tous les deux d'un casque et d'une lampe-torche, nous marchons à présent dans la nuit. Un faible quartier de lune éclaire les grands arbres du parc, créant des ombres fantomatiques au-dessus de nos têtes tandis qu'une chouette nous accompagne de son hululement lugubre.

Je ne peux m'empêcher de frissonner, mais il est trop tard pour reculer. La curiosité l'emportant sur la peur, je ne ralentis pas et continue d'avancer derrière mon ami.

Soudain, celui-ci s'arrête, s'accroupit et me fait signe de l'imiter. Après avoir inspecté l'endroit avec sa torche, Adrien se redresse et se dirige vers un éboulement dépassant d'un buisson.

— C'est là. Il va falloir dégager l'entrée, un animal a dû vouloir grimper sur le mur et l'a endommagé.

Avec nos mains, nous enlevons les pierres et la terre

amoncelées, puis nous nous glissons dans la faille. Nous débouchons aussitôt sur un talus boisé et remarquons un sentier qui se perd dans les broussailles.

— Nous y sommes presque ! chuchote Adrien. C'est le sentier dont je t'ai parlé.

Instinctivement, je serre mon **gri-gri** entre les doigts. J'espère qu'il nous protègera contre le mauvais sort ou les mauvais plaisantins. Qui sait ce qui se cache dans ces endroits abandonnés, livrés aux forces de la nature ? Je me rappelle les paroles du vieux sorcier de **Bora Bora**, me mettant en garde contre les esprits maléfiques peuplant les forêts et les eaux tranquilles des étangs. Je me tiens à présent sur mes gardes et avance avec prudence. Pourtant rien ne me prépare à la vision sinistre de cette maison endormie qui surgit soudain, éclairée par un rayon de lune. Je ne peux m'empêcher de pousser un cri de surprise et m'arrête net. Adrien, qui l'entend, me rappelle à l'ordre.

— Allez, grouille ! On n'a pas toute la nuit devant nous.

J'hésite. A-t-on le droit de déranger l'esprit des lieux ? je me demande soudain inquiet. C'est sûrement encore une propriété privée. Adrien devine ma pensée et me lance en riant :

— Les propriétaires sont morts depuis longtemps et les fantômes n'existent pas. Tu n'as rien à craindre.

Ne voulant pas passer pour un trouillard, je lui emboîte le pas. Très vite, des ronces et des orties nous barrent l'accès et, au fond de moi, j'espère que nous allons faire demi-tour. Mais mon ami ne semble pas impressionné. Il continue sa progression, se servant de sa lampe-torche pour écarter le rempart végétal qui protège la bâtisse. Les mollets en sang, nous arrivons enfin devant une porte délabrée à moitié ouverte.

— C'est parti pour l'aventure ! me glisse Adrien.

Il pénètre le premier à l'intérieur et m'attend patiemment avant de promener son faisceau lumineux sur les murs du hall d'entrée, ajoutant avec sérieux :

— Regarde !

— Tu vois toutes ces inscriptions, nous ne sommes pas les seuls à venir. La maison est parfois squattée.

Sa voix résonne curieusement comme si elle venait du royaume des morts. Je frissonne et chasse bien vite cette idée. Les murs, couverts de taches et d'inscriptions, racontent une histoire que j'aimerais connaître.

Mon imagination s'enflamme aussitôt.

Mon cœur s'accélère. À mes côtés, Adrien me regarde, ravi de l'effet produit.

— Tu n'as encore rien vu, mon pote ! me prévient-il.

— Des forces étranges habitent cette maison. C'est sûr, je murmure envahi d'un drôle de pressentiment.

— Oui, araignées et souris se disputent l'espace depuis longtemps, se moque Adrien. Suis-moi à l'étage, c'est encore plus impressionnant.

Comme pour donner raison à Adrien, d'immenses toiles d'araignée apparaissent à la lueur de nos torches. Elles semblent avoir colonisé la maison, l'enveloppant d'un voile opaque protecteur qui brille dès qu'on les éclaire. Avec précaution, nous gravissons les marches de l'escalier central, évitant les trous dans le parquet et les **gravats**.

📄 **gravats** = morceaux provenant d'une démolition

Arrivés au premier étage, une fenêtre aux vitres teintées nous accueille, divisant le palier en deux. Adrien emprunte immédiatement le couloir à sa droite et me fait signe de le suivre.

— Ce couloir mène à la section la moins endommagée. Fais quand même attention où tu mets les pieds, m'avertit-il. Le parquet est complètement pourri à certains endroits et peut s'écrouler sous ton poids.

Une bourrasque de vent vient interrompre ses conseils.

Sous la violence de l'assaut, la vieille bâtisse craque de façon inquiétante. Très vite, le tonnerre se met de la partie et des courants d'air se faufilent à l'intérieur, soulevant des nuages de poussière. Quand un éclair déchire la nuit, nous sommes gagnés par la peur. J'en lâche ma lampe-torche qui roule sur le palier avant de tomber dans le vide et de s'écraser sur le sol en contre-bas. Je suis complètement affolé et je m'écrie :

— Retournons à Saint-Romain !

Mon ami me retient fermement par le bras et siffle entre ses dents :

— Il n'en est pas question ! On reste ensemble, la visite n'est pas terminée.

Le vent redouble alors d'intensité. Des tuiles glissent de la toiture et s'écrasent à terre. Des volets claquent, des trombes d'eau s'abattent sur la maison. Puis, soudain, tout s'arrête et le calme revient. Pendant un long moment, nous n'osons pas bouger et guettons les bruits autour de nous.

— Tu entends ?

— Oui. C'est sans doute l'eau de pluie qui s'infiltre un peu partout, me répond Adrien.

— On dirait plutôt un gémissement.

C'est alors que la lampe-torche d'Adrien s'éteint brusquement et nous plonge dans le noir. Au même moment, nous avons la sensation qu'une aile nous frôle et nous nous mettons à pousser des cris de terreur.

— Filons par l'escalier de service ! hurle Adrien en profitant d'un rayon de lune qui semble lui indiquer le chemin.

Je le suis, le cœur battant. Suspendu autour de mon cou, mon **gri-gri** se met à vibrer doucement. Cette fois, je ne rêve pas. Je suis en communication avec le vieux sorcier de **Bora Bora** qui cherche à me protéger. J'ai toujours le ***mana*** et cette pensée me rassure.

Je n'ai pas le temps de me réjouir. Un nuage cache soudain la lune et je ne distingue plus mon copain. Je l'appelle, sans réponse. Je décide de m'avancer à tâtons et bute sur un sac à dos. La chance me sourit, car, quand je me penche et fouille à l'intérieur, je trouve un briquet que j'allume aussitôt. Je me dirige ensuite vers le fond du couloir où j'entrevois un escalier en métal.

Je vais pouvoir enfin quitter les lieux, sain et sauf.

7 Une disparition inquiétante

Je suis mort d'inquiétude. Assis depuis un long moment sur une des marches du perron, j'attends Adrien qui ne vient toujours pas. Est-il encore à l'intérieur ? A-t-il décidé de rentrer seul à Saint-Romain ? Je ne sais plus trop quoi penser. Une chose est sûre : j'ai froid et me demande comment je vais retrouver mon chemin jusqu'à l'école. Désespéré, je scrute la nuit. Aucun mouvement, aucun bruit venant d'une activité humaine. Je suis abandonné à moi-même. Je me décide à appeler une nouvelle fois mon copain, espérant le voir surgir de l'ombre. Pas de réponse. Alors, je me lève et allume mon briquet. Sa faible lueur éclaire un trou dans la végétation et je crois apercevoir un sentier. Soulagé, je me dirige dans ce que je pense être la bonne direction, mais je suis vite déçu. Ce que j'ai pris pour un sentier n'est autre que quelques buissons piétinés par un animal.

Que faire ? Avancer à l'aveugle au risque de me perdre dans la forêt ? Ou rester jusqu'au petit matin à attendre qu'on vienne me chercher ? Je sais que la punition sera terrible et je me dis que mon année scolaire débute vraiment mal. J'en suis là dans mes réflexions quand, soudain, j'entends un léger miaulement. *Miou-Miou !* Un second miaulement plus proche me répond. C'est peut-être le chat de l'école qui vient à mon secours.

Je regarde autour de moi, essayant de percer les ténèbres. Je ne vois d'abord rien puis, soudain, deux boules jaunes apparaissent et se rapprochent. Plein d'espoir, je l'appelle.

Un long ronronnement suivi d'un frôlement m'apportent la confirmation que le gros chat blanc a deviné que j'étais en danger. Je le caresse puis je le suis, heureux de l'avoir pour ami.

***

De retour dans mon dortoir, je me glisse tout habillé dans mon lit et espère trouver rapidement le sommeil. Je veux oublier ma mésaventure. Mais je n'arrive pas à m'endormir et reste à l'affût du moindre bruit qui m'indiquerait une présence. La vérité, c'est que je me sens coupable. Est-ce que je n'aurais pas dû partir à la recherche d'Adrien ? Est-ce que je devrais alerter la responsable de ma maison ? À cette seule évocation, mon sang se glace dans mes veines et je m'enfonce sous la couverture pour ne plus y penser.

Je finis par m'endormir, mais ma première nuit à Saint-Romain est agitée, peuplée de cauchemars. Quand je me réveille, le jour peine à apparaître et tous les élèves dorment encore. Je me lève sans bruit, m'approche du lit de mon voisin et pousse un soupir de soulagement en constatant une forme allongée dans le lit. Adrien est finalement rentré.

Au moment où je vais me recoucher, j'aperçois Miou-Miou qui m'observe et je lui demande à voix basse :

— Que fais-tu là ?

L'animal cligne des yeux et saute sur mon lit en ronronnant. On dirait qu'il veut me demander quelque chose. Je me gratte la tête, puis je comprends. Le gros chat réclame sa récompense !

— Chose promise, chose due, dis-je en me dirigeant vers ma table de nuit d'où je sors un paquet de biscuits. Le chat a aussitôt compris et se poste à mes pieds.

Je ne suis pas au bout de mes surprises. Au lieu d'attendre patiemment qu'on lui offre une friandise, Miou-Miou donne brusquement un coup de patte et attrape le paquet qu'il saisit ensuite dans sa gueule. Je n'ai pas le temps de réagir, le chat a déjà disparu. En me glissant sous les draps, je me fais la réflexion que c'est un drôle d'animal et j'aimerais en discuter avec mon copain qui dort toujours à poings fermés. Mais je n'ose pas le réveiller et décide plutôt de surveiller ses mouvements du coin de l'œil. L'attente est longue, j'ai du mal à garder les yeux ouverts. Quand enfin le jour se lève, je distingue mieux la forme dans le lit d'à côté et un doute s'installe dans ma tête. Intrigué, je m'approche. En soulevant le drap, je découvre avec stupeur un **traversin**

traversin = oreiller cylindrique de la largeur du lit, polochon

en travers du lit.

Il n'y a plus de doute. Adrien a disparu.

Bien que je ne comprenne pas cette mise en scène, je ne m'attarde pas à ce détail. Je dois agir vite, mon copain est en danger. Cela me donne la force d'avertir le surveillant du dortoir qui arrive d'un pas traînant pour constater les faits. Il est stupéfait, mais ne veut pas prendre d'initiatives.

— Il faut prévenir tout de suite la responsable de la maison des cinquièmes, s'empresse-t-il de dire.

— Mademoiselle Leneck ? je m'écrie **tétanisé**.

tétanisé = qui ne peut plus bouger, figé par la peur

— J'en ai peur, soupire le jeune étudiant qui n'a pas l'air d'apprécier la situation. C'est à elle de prendre les décisions qui s'imposent.

— Quelles décisions ?

— Prévenir la gendarmerie et interroger les élèves qui connaissent ou ont vu Adrien récemment.

Je me sens visé et une foule de questions auxquelles je ne sais pas répondre se pressent dans ma tête. Deux questions surtout reviennent en boucle. Est-ce que je vais être obligé d'avouer notre visite au château abandonné ? Est-ce que je vais trahir ou aider Adrien en agissant de la sorte ? Mon courage m'abandonne peu à peu. Je reste sans bouger, les yeux dans le vague.

Autour de moi, les élèves se réveillent et commencent à poser des questions. Tout à coup, le surveillant s'énerve et me crie :

— Allez, file ! Va chercher mademoiselle Leneck. Moi, j'ai autre chose à faire.

Malgré la tristesse qui m'envahit, je quitte le dortoir en courant. Une fois sur le palier, j'aperçois Miou-Miou qui m'attend. Je lui demande sans trop y croire :

— Tu veux bien me guider ?

À ma grande surprise, le gros chat se précipite dans l'escalier, puis se dirige vers l'aile sud du château où se trouvent les logements des professeurs principaux et des responsables de maison. Les couloirs sont vides à cette heure matinale.

Nous arrivons sans problème devant une porte sur laquelle est accroché un écriteau :

Défense de déranger !

Prendre rendez-vous.

Ça commence bien ! je me dis, pas vraiment rassuré.

Miou-Miou, lui, n'est pas intimidé et gratte à la porte qui s'entrouvre immédiatement.

— Que se passe-t-il ? crie une voix.

Je me racle la gorge avant d'expliquer le plus poliment possible ce qui m'amène.

— Un élève a disparu. C'est urgent, il faut venir au dortoir des cinquièmes s'il vous plaît.

— Quoi ! rugit mademoiselle Leneck, en ouvrant la porte en grand. Qui est ce **minus** qui me donne des ordres ?

minus = personne peu intelligente et peu intéressante

En me découvrant, elle ajoute :

— Tu es nouveau, on dirait ? Ton nom, vite.

— Quentin Dutour.

— Désolé, ça ne me dit rien.

M'observant de son regard aigu, elle déclare :

— Vu l'état de ton uniforme, je crois te reconnaître ! Tu es l'**olibrius** qui est arrivé en retard au **réfectoire** et s'est

olibrius = sot, incapable qui fait le malin

beaucoup agité entre les tables.

Devant cette avalanche d'insultes, je suis accablé.

Mademoiselle Leneck ne sait encore rien, mais elle m'accuse déjà de mal me comporter.

Je soupire et pense avec nostalgie au pays des **lagons** bleus,

lagon = petit lac peu profond séparé de la mer par une barrière ou un cordon de corail

mon paradis perdu, où m'attend mon copain polynésien et ses jeux. Au lieu de ça, je suis enfermé dans un internat loin du Havre, ma ville natale, face à une ogresse qui me terrorise.

Soudain, j'entends mademoiselle Leneck, la voix devenue plus douce :

— C'est bon, j'arrive ! Tu as bien fait de me prévenir.

8 De surprise en surprise

Mademoiselle Leneck prend aussitôt les choses en main avec autorité et les événements s'enchaînent à la vitesse de l'éclair. Elle interroge d'abord tous les élèves du dortoir puis se tourne vers moi :

— Je compte sur toi pour m'indiquer le chemin que vous avez emprunté tous les deux et pour me dire ce que vous avez fait une fois arrivés sur place. Chaque détail compte. Tu m'as comprise ?

Je hoche la tête. Oui, je vais essayer de me souvenir. Évidemment, je ne parlerai pas de Miou-Miou ni du gémissement que j'ai cru entendre dans la vieille maison. Je sais que personne ne me croira. En même temps, je m'étonne de la relation étrange que je constate entre le gros chat blanc de l'école et ma responsable de maison. L'animal reste constamment à ses côtés et semble guetter ses faits et gestes. Un lien existe-t-il entre eux ? Et si oui, lequel ? Je me promets de tirer cette énigme au clair.

— Alors, j'attends ! s'écrie mademoiselle Leneck, me voyant perdu dans mes pensées. Ce n'est pas le moment de rêver !

— Qui vient avec nous ?

— Personne. Je ne tiens pas à alerter toute l'école !

— J'aimerais que le chat nous accompagne. Il connaît le chemin.

Mademoiselle Leneck rejette la tête en arrière et part dans un rire strident.

— Et comment, mon garçon ! Ce chat est non seulement la mascotte de l'école, mais il a un flair incroyable.

— Comme un chien ?

— Presque. Sais-tu que les chats possèdent deux cents millions de **cellules olfactives** contre cinq millions pour

cellule olfactive = cellule qui permet de sentir les odeurs

nous, pauvres humains ? Sans parler de leur sixième sens.

Miou-Miou, qui comprend qu'on parle de lui, se frotte tour à tour contre les jambes de mademoiselle Leneck et les miennes. Il n'y a pas à dire, c'est un malin et il veut que ça se sache.

— Je suggère, reprend-elle, qu'on emporte une boussole.

On ne sait jamais, on peut se perdre dans la forêt. Quant à vous, je suppose que vous êtes sortis du parc pour aller visiter la vieille maison abandonnée derrière Saint-Romain !

J'**acquiesce** et me surprends à apprécier la perspicacité de mademoiselle Leneck.

— C'est un secret de Polichinelle ! explique-t-elle. Tous les élèves en parlent mais personne n'ose mettre ce rêve à exécution, car c'est formellement interdit. Je m'étonne que vous ayez osé enfreindre le règlement de l'école.

Je me tais. Résigné, j'attends l'annonce de la punition qui devrait suivre. Mais ma responsable de maison reste étonnamment silencieuse et je remarque même un éclair de sympathie dans son regard, d'habitude si dur. Je pense que je me trompe, que ce n'est pas possible. Mais, quand je l'entends conclure *L'important, c'est de retrouver Adrien en vie*, j'ai la preuve qu'il ne faut pas se fier aux apparences. Cette femme, sous ses allures de dragon, n'est pas aussi méchante qu'elle en a l'air. Je n'ai pas le temps d'y réfléchir davantage, elle me fait déjà signe de nous mettre en route. Je m'exécute volontiers.

Rapidement, nous atteignons le fond du parc et, à la lumière du jour, je repère plus facilement, entre des éboulis et des branchages, le passage que m'a montré Adrien.
— J'en étais sûre ! s'exclame mademoiselle Leneck. J'ai averti bien des fois le directeur à propos de ce mur, sans jamais rien obtenir. Et voilà le résultat... une disparition !
Miou-Miou s'élance le premier. Mademoiselle Leneck se précipite à son tour, sans se soucier de sa longue jupe noire qui s'accroche aux pierres et aux épines, se déchirant par endroits. Elle semble s'en moquer, animée par le souci de sauver une vie.
Arrivée devant la maison abandonnée, mademoiselle Leneck reprend la tête des opérations. Sans un mot, elle oblique vers le côté droit de la vieille bâtisse et disparaît par une petite porte entrouverte. Je n'hésite pas. Je lui emboîte le pas, traverse une cuisine encombrée de casseroles, de vaisselles d'un autre âge et me retrouve dans un couloir sombre aux portes closes. Je remarque que l'une d'entre elles laisse passer le jour comme si elle avait été mal refermée. Je m'y précipite et débouche derrière le grand escalier de la maison.

Je pousse un cri de surprise. Les dimensions du hall d'entrée sont encore plus impressionnantes que dans mon souvenir, les éboulis de plâtre aussi. Sur le sol, des tuiles et des morceaux de bois sont éparpillés. Il y a même des flaques d'eau ! En levant les yeux, je découvre un trou **béant** dans le

béant = largement ouvert

plafond au-dessus de l'escalier.

— Par ici ! me crie une voix que j'identifie comme celle de ma responsable de maison.

— Vous êtes où ?

— Sous ton nez, gros bêta.

Je regarde autour de moi, ne vois d'abord rien. Puis je m'avance et aperçois une trappe cachée sous un amas de bâches entremêlées. Quand je me penche, je découvre mademoiselle Leneck agenouillée auprès de deux corps étendus : un adulte et un enfant. Je me fige, j'ai reconnu Adrien.

9 Quand la gendarmerie s'en mêle

Autour de moi, le vacarme des sirènes est assourdissant. Mademoiselle Leneck ayant fait le nécessaire, une ambulance et un fourgon de la gendarmerie arrivent en même temps sur les lieux. Des hommes en uniformes et en blouses blanches surgissent aussitôt et pénètrent dans le hall d'entrée. Ils ne me voient pas. À demi caché par une colonne, je peux les observer tout à mon aise et ça m'amuse de les entendre pousser des jurons lorsqu'ils se prennent les pieds dans les décombres accumulés sur le sol de la vieille maison.

— Par ici... au secours ! hurle mademoiselle Leneck au comble de l'excitation.

En entendant ses cris, un jeune officier à la mine sévère s'avance vers l'escalier jusqu'à la trappe et fait signe à ses hommes de le suivre.

— Calmez-vous madame, lui répond-il en se penchant. Vous ne craignez rien, nous avons la situation en main.

C’est en se redressant qu’il me découvre et m’interpelle.

— Que fais-tu là ? Approche.

Je m’avance timidement vers le gendarme, me demandant comment je vais justifier ma présence. J’ai raison de m’inquiéter car à peine suis-je arrivé à sa hauteur que le militaire m’attrape par la manche et me souffle à la figure :

— Tu vas nous raconter ce qui s’est passé, car j’ai comme l’impression que tu y es pour quelque chose.

Au même moment, deux infirmiers remontent le corps sans vie d’un homme d’une trentaine d’années.

— Tué d’un coup de couteau en plein cœur ! déclare l’un d’eux.

Complètement affolé, je m’écrie :

— Et Adrien ?

L’homme en blanc se tourne vers moi et lance :

— C’est ton copain, n’est-ce pas ? Ne t’inquiète pas. Il est là aussi, un peu sonné, mais n’a apparemment rien de grave. Il a dû tomber par la trappe ouverte et, heureusement pour lui, le cadavre a amorti sa chute.

— Cela n’explique toujours pas ce que vous faisiez dans ce lieu abandonné depuis des années, ajoute l’officier de gendarmerie en reprenant la parole.

C'est alors qu'une voix haut perchée, venue des profondeurs de la maison, s'élève :

— Je vais vous le dire, moi, si vous me sortez de ce trou à rats !

Une fois dans le hall, mademoiselle Leneck reprend avec autorité la tête des opérations et, chose extraordinaire, vole à notre secours. Elle ne prend pas le temps de secouer sa longue jupe noire couverte de poussière ni de repeigner ses cheveux ébouriffés. Elle s'exclame en nous désignant :

— Ces enfants sont des héros ! Ils ont voulu porter secours à un homme en danger, au péril de leur vie.

— Mais, bredouille le gendarme interloqué, comment le savez-vous ?

— Parce que je leur ai donné l'autorisation. Ils m'avaient rapporté des mouvements suspects, avaient vu de curieuses lumières.

— Comment est-ce possible ? Cette friche est cachée par le mur de l'école et...

— Tout est possible, monsieur, quand on est courageux, l'interrompt mademoiselle Leneck d'un ton qui n'admet pas la réplique.

Le jeune militaire semble tout à coup intimidé et se plonge dans un long silence. C'est alors que j'entends Adrien gémir sur sa civière.

Je me doute que lui non plus n'en croit pas ses oreilles.

Je m'approche, lui fais un clin d'œil et lui chuchote :

— Courage, mon vieux, on a un allié de poids !

En se redressant, il croise le regard de notre responsable de maison et un doute s'introduit dans mon esprit.

Peut-être que tout ceci n'est que pure comédie devant les gendarmes ? J'en frissonne à l'avance car, dans ce cas, la punition sera terrible.

10 Une punition pas comme les autres

De retour à l'internat, mademoiselle Leneck retrouve son visage sévère. Après avoir remercié les gendarmes et les infirmiers, elle se tourne vers nous, le doigt accusateur.

— Vous allez me le payer !

Ses yeux lancent des éclairs, son nez se pince. Elle étouffe de rage et je m'attends au pire. Je n'ose pas regarder mon copain qui est à présent allongé sur l'un des lits de l'infirmerie de l'école et a l'air étonnamment calme.

— Le directeur va être furieux... la réputation de Saint-Romain est à tout jamais perdue... c'est une catastrophe !

— Ça m'étonnerait, ose Adrien.

Mademoiselle Leneck s'arrête net et le regarde, stupéfaite.

— Que dis-tu ?

— Je pense que nous allons passer pour des héros. D'ailleurs, vous l'avez dit vous-même aux gendarmes.

Elle hausse les épaules.

— De la poudre aux yeux ! Je n'y ai pas cru une seconde.

— Eux, si. J'avais beau **être dans les vapes**, j'ai bien compris

être dans les vapes = être un peu endormi

à leur silence qu'ils étaient tous impressionnés, insiste Adrien.

Il se redresse et se cale contre l'oreiller, puis, voyant entrer le gros chat blanc, il le prend curieusement à témoin :

— Tu es d'accord, n'est-ce pas ?

L'animal saute sur le lit et vient se frotter contre lui. Je me fais la réflexion que Miou-Miou est toujours près de nous quand il le faut. Alors, je prends mon courage à deux mains et déclare :

— Je crois qu'Adrien a raison.

— De quoi je m'occupe, le nouveau ! explose mademoiselle Leneck. Tu vas bientôt regretter ton insolence.

En disant ces mots, elle se précipite sur moi et m'attrape par l'oreille, me forçant à me mettre à genoux. Ensuite elle saisit l'étrange baguette qui reste toujours attachée à sa ceinture et se met à faire un cercle autour de moi.

— Ne bouge surtout pas ! crie-t-elle, le visage grave. Ce cercle est magique. Grâce à lui, je vais pouvoir convoquer les esprits qui vont te punir comme tu le mérites.

Je ricane car je m'y connais en sorcier et mademoiselle Leneck ne fait pas le poids. Je suis persuadé qu'elle se vante et veut simplement me faire peur. Pourtant le chat s'est caché sous le lit et Adrien ne semble pas rassuré. De quoi ont-ils peur ? je me demande soudain inquiet.

Très vite, je comprends.

Mademoiselle Leneck est soudain prise de violents tremblements, son souffle s'accélère et son regard devient fixe. Elle ouvre la bouche, mais aucun son n'en sort. Enfin un cri rauque déchire le silence et nous glace.

— Cercle des ombres ! articule-t-elle plusieurs fois. Viens à mon aide et corrige les coupables.

Puis elle agite les bras en tous sens et s'écroule sur le sol. Sans un mot. Je veux tout de suite appeler à l'aide mais Adrien me fait signe de ne pas bouger. En effet, deux minutes plus tard, mademoiselle Leneck revient à elle, se lève et nous regarde étonnée. L'étonnement fait place à la contrariété quand elle se rend compte de ce qui s'est passé.

— Fâcheux ! murmure-t-elle en remettant de l'ordre dans ses vêtements d'un air outragé.

Elle fouille ensuite dans la poche de sa longue jupe noire à la recherche d'un objet. Ne le trouvant pas, elle se tourne vers moi et m'ordonne :

— Toi, le nouveau ! J'ai trouvé ta punition. Tu vas retourner à la maison abandonnée pour y chercher mon **pilulier** que

pilulier = petite boîte à pilules, à médicaments

j'ai laissé tomber dans la précipitation. Et pas un mot sur ce qui vient de se passer.

Je n'ai pas le choix, je dois obéir. Mais je n'en mène pas large et serre dans la main mon pendentif. C'est alors que je sens le **gri-gri** vibrer doucement contre ma paume. Je sais alors que je ne suis pas seul.

11 Premier jour d'école

Comme Adrien est obligé de rester toute la journée à l'infirmerie, je me retrouve livré à moi-même pour mon premier jour d'école à Saint-Romain. Je sais aussi qu'après le déjeuner, je devrai retourner à la maison abandonnée sans me faire remarquer. Mission difficile car je dois être le chevalier servant de Solène et rester près de Pierre à la cantine. Je n'ai pas le temps de réfléchir, une sonnerie stridente retentit appelant les élèves à se rendre devant leur salle de cours.

Je me précipite à la recherche de ma classe. La plupart des garçons et filles s'y rendent en bavardant, à l'exception des petits nouveaux muets d'inquiétude et reconnaissables au document qu'ils ne quittent pas des yeux. *Salle 28* est noté sur ma fiche d'inscription que je tiens moi aussi anxieusement dans ma main. J'ai complètement oublié Solène et me rassure en me disant que, pour le premier jour, ce n'est pas grave. Évidemment, je me trompe. Au moment où je crois apercevoir un panneau m'indiquant la direction et l'étage de ma classe, Solène me tombe dessus.

— Où étais-tu passé ? dit-elle en me tendant son cartable. Dépêche-toi, je vais être en retard.

J'hésite mais, devant le regard furibard qu'elle me jette, je m'empresse de lui obéir. Je saisis son cartable et m'élance dans l'escalier jusqu'au deuxième étage. Puis je redescends au premier et m'engouffre dans le couloir réservé aux cinquièmes, les yeux rivés sur le numéro des portes. Enfin je parviens à la salle 28.

Les élèves sont déjà tous entrés. J'entends le brouhaha des chaises qu'on déplace et des cartables qu'on dépose.

Soudain un grand silence s'installe et j'en profite pour frapper à la porte.

— Entrez ! tonne une voix.

Timidement, je passe la tête par l'ouverture et me trouve face à un homme à la carrure impressionnante. C'est Chichemine, professeur de mathématiques, matière que je déteste.

— Ton nom ? demande le professeur en se reculant pour prendre une liste posée sur son bureau.

— Quentin Dutour.

— Va t'assoir, fait-il après avoir vérifié que le nom est bien sur sa liste d'élèves. Et souviens-toi que c'est la seule fois où j'accepte ton retard. Compris ?

J'**acquiesce** en silence, puis me dirige vers le fond de la salle où je m'installe à une table vide. Constatant que tous mes camarades ont sorti leurs affaires, je tire de mon cartable stylos, livres et cahier sans me rendre compte que tous me regardent.

— Monsieur est prêt ? ironise Chichemine. Le cours va donc enfin pouvoir commencer.

Les minutes s'écoulent ensuite très lentement. J'ai du mal à suivre. La réputation de l'école est excellente et je m'aperçois que j'ai beaucoup de lacunes. Mon année passée à **Bora Bora** n'a pas arrangé les choses. Je soupire. J'ai pourtant beaucoup appris sur le vol des oiseaux, la pêche au filet et le canoë-kayak, mais je me rends compte que mes nouvelles connaissances ne me seront d'aucune utilité. Reste le ***mana*** que m'a transmis le vieux sorcier de l'île. Ce fluide magique sera-t-il efficace en terre normande ? Est-ce que je saurai m'en servir ? Ces questions m'agitent tellement que je me prends à rêver à cette île lointaine du Pacifique et ne vois pas Chichemine qui vient se planter à côté de moi.

— Ton résultat, Dutour ?

Je sursaute. Je regarde la page blanche de mon cahier. Aïe ! Je n'ai pas pris les consignes ni commencé l'exercice qu'a donné le professeur. Je bredouille, voudrais m'expliquer mais, à ma grande honte, j'éclate en sanglots. Des rires étouffés fusent dans la classe, le professeur les fait taire d'un geste.

— Serais-tu en train de croire que tu es en vacances, planqué au fond de la classe ?

— Non monsieur, dis-je en ravalant mes larmes.

— On va voir ça. File au tableau nous montrer de quoi tu es capable.

Je me sais totalement incapable de résoudre le moindre problème mathématique et les fractions qui s'étalent sur le tableau noir me paraissent d'une difficulté insurmontable. Avec Maui, mon copain polynésien, j'ai séché tous les cours de maths enseignés en sixième. Alors, les fractions ! En revanche, je suis très fort en calcul mental, à force de mémoriser le nombre de poissons attrapés dans les filets des pêcheurs de l'île ou de compter les étoiles le soir avant de m'endormir.

— L'exercice est simple et consiste à additionner deux fractions. Que dois-tu faire ? demande le professeur.

Devant mon air paniqué, Chichemine s'impatiente et m'aide un peu :

— Eh bien, commence par calculer le dénominateur commun et ensuite tu les additionnes !

Hélas, je ne comprends toujours pas ce que je dois faire et reste figé. Le professeur, qui regarde constamment sa montre, s'énerve et finit par déclarer :

— Puisque tu fais la mauvaise tête, tu vas retourner t'assoir et tu reviendras à l'heure de midi faire une série d'exercices en guise de punition.

Je regagne ma place en pensant que c'est décidément le jour des punitions. Tant pis, je visiterai la vieille maison à la nuit tombée et, qui sait, Adrien m'accompagnera peut-être. Je n'ai pas trop le temps d'y réfléchir, les autres élèves s'agitent pour participer à l'exercice dans un joyeux brouhaha. Les réponses fusent de tous côtés. C'est à celui qui répondra le plus vite. Sur son estrade, le professeur gonfle le torse et distribue les bons points avec une apparente satisfaction. Je n'ai jamais vu une telle ambiance dans une classe.

— Tous des lèche-bottes, je marmonne entre mes dents.

Mon voisin le plus proche m'a entendu et voilà qu'il fait des grands signes. En un éclair, Chichemine fonce sur nous et se plante devant moi :

— Tu as quelque chose à dire, à ce qu'il paraît ? rugit-il.

Cette fois, je ne me démonte pas et réponds avec assurance :

— Oui. C'est mademoiselle Leneck qui va être contrariée.

— Pour quelle raison, je te prie ?

— Elle m'a confié une mission… pour ce midi justement.

— Voyez-vous ça ! ironise le professeur qui prend à témoin la classe. Monsieur Dutour, à peine arrivé, est déjà un personnage important dans l'école. Et peut-on savoir quelle est cette mission ?

— C'est un secret, monsieur.

— Bien sûr ! Je l'aurais parié.

Un silence pesant s'abat soudain sur la salle de classe. Personne n'ose bouger, mais tous les regards sont fixés sur

le professeur qui ne me quitte pas des yeux. C'est la première fois qu'un élève le défie de cette manière et il ne peut le tolérer. Quant à moi, j'ai l'impression que deux canons de pistolet sont pointés dans ma direction, prêts à tirer. Que va-t-il se passer ?
C'est alors qu'un phénomène étrange se produit. Chichemine se met à transpirer à grosses gouttes et tire de sa poche un large mouchoir pour s'éponger le visage. Un petit objet en sort et tombe sur le sol, je le repère aussitôt et l'identifie comme un **pilulier**. La suite est encore plus incompréhensible. Le professeur met le pied sur la boîte comme pour la cacher aux regards, puis il fait celui qui n'a rien vu et siffle entre ses dents :
— Tu ne perds rien pour attendre, mon garçon. Ce n'est pas en faisant le malin que tu vas t'en tirer. Aujourd'hui, je passe l'éponge mais je t'ai à l'œil.
Je baisse la tête, accablé. En même temps, je suis surpris par la réaction du professeur. Cette histoire de **pilulier** m'intrigue et je me demande si mademoiselle Leneck et Chichemine ne cachent pas un secret commun. Voilà de quoi occuper ma journée en réflexions de toutes sortes.

12 Vicky entre en scène

Dans la matinée, deux autres professeurs succèdent à Chichemine : le professeur d'anglais et celui de français. Mais je m'en fiche. Je suis toujours plongé dans mes rêveries et ne m'intéresse pas aux cours. Lorsque la sonnerie de midi retentit, je ramasse rapidement mes affaires et me précipite le premier hors de la salle de classe. Je sais que j'ai un job à faire, même deux, et ne veux pas rater cette première journée qui a déjà si mal commencé. Il en va de ma réputation.

Appuyé sur la rampe d'escalier, j'attends Solène en prenant un air détaché. Pourtant, quand je l'aperçois, mon cœur se met à battre plus vite. Elle est si jolie et j'aimerais tant qu'elle s'intéresse à moi. Pour l'instant, elle s'avance dans ma direction, le regard sévère.

— C'est à mon étage qu'il faut m'attendre ! Tu es mon chevalier servant, me rappelle-t-elle.

Je bredouille des excuses et lui prends des mains son cartable sans m'apercevoir qu'elle porte aussi un carton à dessin.

— Décidément, s'exclame-t-elle. Tu n'es bon à rien !

Catastrophé, je m'excuse de nouveau, attrape le carton à dessin qu'elle me tend avec une moue méprisante puis je la suis en silence. Tout en marchant, je la regarde bavarder et rire avec ses copines et je me dis que ce n'est pas gagné d'avance. Je suis pourtant décidé à tout faire pour obtenir son admiration.

Quand j'arrive au rez-de-chaussée, je me précipite vers les vestiaires où les élèves déposent leurs affaires avant d'aller à la cantine. Je constate avec angoisse que c'est la foire d'empoigne et me demande si je vais réussir à me faire une place... Heureusement, Vicky arrive en même temps que moi et n'hésite pas à bousculer des élèves pour arriver à ma hauteur.

— C'est toujours comme ça dans les vestiaires ? je demande surpris.

— Pas vraiment. C'est plutôt la bousculade du début d'année pour obtenir les meilleures places.

— Les meilleures places ?

— Évidemment, qu'est-ce que tu crois ? Les premiers arrivés ont les places les plus enviées, celles près de la sortie. De cette façon, tu ne perds pas de temps et tu peux participer au premier service de la cantine. Le plus convoité !

— Ah oui, pourquoi ?

Vicky éclate de rire.

— Eh bien, parce que les meilleurs morceaux sont servis au premier service. C'est pour récompenser les élèves qui ont obtenu un maximum de bons points et, accessoirement, les autres, c'est-à-dire les plus débrouillards et les plus rapides. Tu piges maintenant ?

Je ne comprends pas tout mais apprécie les efforts de ce grand garçon qui m'initie à la vie de son école. J'aimerais lui poser d'autres questions mais Vicky me pousse en avant, direction un ensemble de casiers en métal verticaux dans l'un desquels il range aussitôt son cartable.

— Allez, dépêche ! me crie-t-il. Entre tes affaires dans le casier en-dessous du mien.

Je ne me fais pas prier et y mets les deux cartables, mais les difficultés commencent avec le carton à dessin de Solène. Je pense que je n'y arriverai jamais et je suis sur le point d'abandonner quand Vicky, d'un grand coup d'épaule, règle le problème. Le carton est un peu plié mais au moins il est à l'intérieur.

— T'inquiète, me rassure Vicky. Le voilà en sécurité et ton

job est terminé.

Quel soulagement ! Je n'ai plus qu'à verrouiller mon casier et suivre ce précieux copain qui m'étonne de plus en plus. Je ne suis d'ailleurs pas au bout de mes surprises. À peine arrivés à la cantine, nous sommes tous les deux propulsés près de l'estrade où déjeunent les professeurs. Une immense table se trouve en contre-bas avec quelques ronds de serviette étalés sur les assiettes. Avec assurance, Vicky sort de sa poche le sien puis ajoute avec un clin d'œil :

— Celui-ci est pour toi !

Il a vraiment pensé à tout. C'est à ce moment que je me rappelle que j'ai une autre mission à effectuer.

Avant de m'assoir à la place que Vicky m'a réservée, je jette donc un regard circulaire dans le **réfectoire** à la recherche de Pierre. Je ne vois d'abord qu'un groupe d'élèves qui essaie d'entrer par tous les moyens. Je souris et mesure la chance que j'ai. Quelques minutes plus tard, j'aperçois Pierre qui **parlemente** avec un surveillant et je lui

parlementer = discuter pour obtenir ce que l'on souhaite

fais aussitôt de grands signes pour attirer son attention.

Bingo ! Le surveillant le remarque et finit par laisser passer

Pierre qui, en arrivant à mes côtés, n'en revient toujours pas et me félicite bruyamment.

— Alors là, mon pote, bravo ! Pour un premier jour, c'est un coup de maître. J'avoue que tu m'épates.

Puis il s'installe à ma place et déclare :

— À toi de jouer pour me ramener ce qu'il y a de meilleur aujourd'hui. Tu mangeras mes restes.

— Mais...

— Il n'y a pas de MAIS, c'est le rôle des petits nouveaux. Tu n'as rien à dire.

Vicky a entendu la conversation et attrape Pierre par le col de sa veste d'uniforme. Il le secoue avant de lui jeter à la figure :

— De quel droit tu lui parles de cette manière, espèce de morveux ?

— Parce que c'est mon serviteur, répond-il avec hauteur.

— Pas de bol... c'est d'abord le mien. C'est aussi un copain. Tu n'as rien à faire à cette table, alors dégage avant que j'avertisse les profs.

La menace semble impressionner Pierre car il se lève et déguerpit sans essayer de discuter. Bon débarras ! Je me tourne alors vers Vicky pour le remercier, mais mon copain est monté sur l'estrade et discute calmement avec Chichemine et mademoiselle Leneck. Ils ont même l'air de bien s'entendre. Décidément, ce garçon est plein de ressources.

Quand il revient s'assoir à la grande table, il prend un air mystérieux et demande :

— Il paraît que tu connais un vrai sorcier ?

— Qui te l'a dit ?

— Les nouvelles vont vite à Saint-Romain et disons que je connais des personnes qui s'y intéressent.

Je prends mon temps avant de répondre. En fait, j'essaie d'entretenir le suspense afin de gagner l'admiration de ce nouveau copain si influent dans l'école. Je ne tiens pas non plus à tout lui dire. D'ailleurs, est-ce que je peux vraiment lui faire confiance ?

— Je ne dirai rien. Sois sans crainte, ajoute Vicky qui me voit hésiter. Ce sera un secret entre nous.

— Ok, je te parlerai plus tard… dans un endroit tranquille.

— Ça marche et je crois même deviner où !

Je le regarde, stupéfait. Je me dis que, soit il fait le malin, soit il est très fort. Comme s'il lisait dans mes pensées, Vicky me chuchote :

— On se retrouve, après l'étude du soir, devant le vieux chêne près des courts de tennis.

— Au fond du parc ?

— Évidemment, je t'accompagne à la maison abandonnée. C'est bien là que tu dois retourner pour une mission spéciale ?

Je hoche la tête, puis me plonge dans mon assiette. À présent, d'autres élèves s'installent et je ne dis plus un mot jusqu'à la fin du repas. J'ai besoin de réfléchir. Tout va trop vite.

13 En route pour l'aventure

Je passe le reste de la journée l'œil collé à ma montre, attendant avec impatience le moment où je vais retrouver Vicky. Je n'écoute pas vraiment ce que disent mes professeurs et me fais rappeler à l'ordre plusieurs fois. Mais je m'en moque ! Je ne pense qu'à la maison abandonnée et à cet homme qu'on a découvert tué d'un coup de couteau. Mon imagination enfiévrée invente des histoires toutes plus **rocambolesques** les unes que les autres et je me dis que,

rocambolesques = incroyables, extraordinaires

grâce au **pilulier** de mademoiselle Leneck, j'ai un bon prétexte pour explorer cette vieille maison pleine de mystères. Je compte sur Vicky et Adrien pour m'aider dans cette aventure un peu folle et aussi sur les pouvoirs que m'a transmis le vieux sorcier de **Bora Bora**. De cette façon, je suis sûr que c'est moi qui vais découvrir la vérité sur ce qui s'est réellement passé.

Pendant l'étude du soir, après le dîner, c'est encore pire. Je n'arrive plus du tout à me concentrer et m'agite tellement que je manque de me faire punir. Heureusement le surveillant semble accablé par la fatigue et se contente de me jeter des regards assassins tout en me montrant du doigt la porte. Enfin, la délivrance arrive. Une sonnerie stridente retentit suivie d'un brouhaha de chaises qu'on déplace à la hâte et d'élèves qui se bousculent vers la sortie. Je me sens soulagé d'un poids énorme. Il est vingt heures quinze et je vais bientôt pouvoir agir.

Comme tous les élèves, je regagne ma chambre pour faire ma toilette, ranger mon armoire et lire avant l'extinction des feux qui a lieu tous les soirs à vingt-et-une heures exactement. Le lit d'Adrien m'apparaît désespérément vide, orphelin de mon copain toujours retenu à l'infirmerie. Je fronce les sourcils de contrariété. Je me sens seul et j'appréhende les nombreuses difficultés à venir.

D'abord, je dois me déshabiller et cacher mes vêtements au fond de mon lit sans me faire remarquer.

Une fois en pyjama, je dois faire semblant de lire malgré la nervosité qui me gagne.

Puis je dois attendre que la chambre soit plongée dans le noir. C'est à ce moment précis que tout va se jouer.

Le compte à rebours commence : je me déshabille, pars faire ma toilette, en profite pour blaguer avec l'un de mes camarades de chambre avant de m'installer dans mon lit avec un livre. Je fais aussitôt mine de me laisser absorber par ma lecture, mais en réalité je surveille du coin de l'œil tout ce qui se passe autour de moi. Au moment où les lumières s'éteignent, je reste aux aguets.

Rapidement un silence profond s'installe, je n'entends plus que le souffle régulier de mes camarades qui se sont endormis. Je plonge alors discrètement au fond du lit, enfile pantalon, pull et veste. J'attrape ensuite la lampe-torche que j'ai pris soin de poser sur ma table de chevet, bien en évidence. Enfin je me décide à sortir de mon lit.

Je fais très attention à ne faire aucun bruit et marche à pas feutrés jusqu'à la porte que j'ouvre doucement. Soudain, je me fige. Un enfant gémit et je crains le pire. S'il allait se réveiller et me surprendre ? Mais non, il se rendort et je peux m'élancer dans l'escalier.

Quelle n'est pas ma surprise, lorsqu'en arrivant au rez-de-chaussée, je découvre Miou-Miou sagement assis sur son arrière-train. Le gros chat cligne des yeux en me voyant et m'emboîte immédiatement le pas. Inutile d'échanger une parole ou un miaulement, nous nous sommes compris.

En deux temps trois mouvements, nous arrivons au fond du parc et repérons facilement le vieux chêne au tronc noueux près duquel nous attend Vicky. Il a sa tête des mauvais jours.

— Tu en as mis du temps pour venir ! explose-t-il. J'ai failli faire demi-tour.

— Qu'est-ce que tu imagines ! J'ai dû attendre que les autres s'endorment, je lui réponds agacé par son attitude injuste envers moi.

— Je crois plutôt que tu n'arrivais pas à te décider... que tu avais peur de venir.

— Je vais te montrer si j'ai peur. Suis-moi.

Le chat sur mes talons, je me dirige vers le mur d'enceinte du domaine à la recherche du passage que j'ai emprunté la veille et explore chaque recoin avec ma lampe-torche. Mais la nuit est noire, un faible quartier de lune n'arrivant pas à percer les nuages qui encombrent le ciel. Je n'arrive pas à me retrouver dans ces amas de pierres et de broussailles. Je suis sur le point d'avouer que je suis perdu quand de légers picotements me traversent l'épaule. Je tâte mon **gri-gri** que je porte toujours attaché à mon cou et m'aperçois qu'il vibre. Que m'indique-t-il ? La réponse vient d'elle-même. Miou-Miou, qui avait disparu, surgit soudain des ténèbres, me passe entre les jambes et m'indique le chemin à suivre. Vicky, qui ne m'a jamais lâché des yeux, a lui aussi compris et se précipite.

— Tu as de la chance ! **bougonne**-t-il en me suivant. Pourvu que ça dure !

bougonner = parler bas, tout seul, en montrant qu'on est de mauvaise humeur

Je ne peux m'empêcher de sourire. Ce n'est pas de la chance, c'est le ***mana*** que le vieux sorcier de **Bora Bora** m'a transmis et qui ne va pas m'abandonner de sitôt. Une chose est sûre, le gros chat de l'école communique aussi avec le sorcier. À deux, je me sens plus fort. Les esprits et les forces de la nature n'ont qu'à bien se tenir ! me dis-je rassuré.

Ayant retrouvé toute mon énergie, je me sers de la lampe-torche comme d'un bâton pour me frayer un passage à travers les hautes herbes et les ronces tandis que, derrière moi, Vicky éclaire la scène avec un puissant projecteur. Quand nous arrivons enfin devant la grande maison abandonnée, nous ne pouvons retenir un cri d'admiration devant les proportions imposantes de la bâtisse.

— C'est plutôt un manoir avec ses tourelles et son immense perron. Je me demande qui a pu habiter là.

— Des gens friqués, répond Vicky avec une certaine moue. Autrefois il y avait dans le village d'à côté une fabrique de lin. Je parie que ce sont ses propriétaires qui ont fait construire cette maison, histoire de montrer qu'ils avaient réussi.

— Peut-être, mais ça ne nous dit pas pourquoi ils l'ont abandonnée !

— D'après ce qui se raconte dans le coin, un homme y aurait été tué il y a quelques années.

— Tiens, c'est curieux ! L'histoire se répète.

— Pourquoi dis-tu ça ? demande Vicky sans réfléchir.

— Eh bien, voyons ! Tu oublies cet homme retrouvé hier

par mademoiselle Leneck, un poignard dans le cœur. C'est étrange, non ?

Vicky n'a pas l'air convaincu et hausse les épaules.

— Tout le monde sait que la maison est régulièrement squattée. Alors une bagarre qui a mal tourné, ce n'est pas étonnant.

— Moi, je me demande s'il n'y a pas un lien entre les deux crimes, genre rivalité entre plusieurs bandes pour découvrir un trésor caché quelque part à l'intérieur.

Vicky éclate de rire.

— Tu as trop d'imagination ! La réalité est sans doute plus simple et glauque.

— Glauque ?

— Oui, un pauvre type qu'on a tué pour lui voler quelques euros. Ça arrive tous les jours dans les squats.

Déçu, j'**opine** de la tête.

opiner = dire oui sans dire un mot, par un simple signe

— Tu as sans doute raison, mais je parie que cette maison n'a pas livré tous ses secrets.

— À nous de le découvrir, conclut le grand garçon en reprenant sa marche. Regarde ce magnifique perron ! On dirait que cette bonne vieille bâtisse nous attend.

Son projecteur éclaire d'une lumière presqu'irréelle le manoir qui, à présent, se découpe majestueusement dans la nuit. Je suis au comble de l'excitation et je m'écrie :

— À nous deux, la belle endormie !

— Tout doux, mon pote. Ne t'emballe pas, tu risques d'être déçu.

Je préfère ne pas répondre. Une nouvelle vibration vient de me rappeler que j'ai une mission à accomplir. Comment l'expliquer à mon copain ? Pour l'instant, ce n'est pas possible. Je me promets pourtant qu'à la première occasion, je le ferai.

— Par où veux-tu entrer ? me demande Vicky soudain très sérieux.

— Par le côté, comme mademoiselle Leneck, en inspectant bien le sol. Elle a pu perdre son **pilulier** n'importe où.

— Moi, j'ai ma petite idée.

C'est alors que Miou-Miou, qui s'était fait très discret jusque-là, émet un curieux râle. Dos rond et poils hérissés, il reste figé.

— Qu'as-tu vu ?

Le chat ne bouge toujours pas. Puis, comme par enchantement, il se détend et se frotte contre nos jambes.

— Quel peureux ! s'énerve Vicky. On n'a pas de temps à perdre avec cet animal. Le mieux est de ne pas s'en occuper, entrons !

À l'intérieur, le désordre est indescriptible. Pour avancer, nous devons pousser du pied casseroles, poêles et toutes sortes d'ustensiles qui traînent sur le sol de la cuisine.

— Oh, oh ! Des visiteurs sont passés par là.

— On dirait bien, répond Vicky en écho… eux aussi cherchaient quelque chose.

Nous nous regardons et nous exclamons en même temps :

— Le **pilulier** de mademoiselle Leneck !

Pas besoin d'échanger une parole, la même idée nous a traversé l'esprit comme une fulgurance. C'est une évidence qui ne se discute pas. La question qui se pose maintenant, c'est pourquoi.

— Qui connaît l'existence de ce **pilulier** ?

— Toute l'école, répond Vicky en levant les bras au ciel.

L'attitude souvent bizarre de mademoiselle Leneck intrigue les élèves et de drôles d'histoires circulent à son sujet, surtout à propos de ce petit objet dont elle ne se sépare jamais.

— Comme quoi, par exemple ?

— On dit qu'il est magique et qu'il l'aide à communiquer avec les esprits à condition que cela se passe sous le vieux chêne de l'école, un arbre aux pouvoirs mystérieux. D'ailleurs on l'appelle le chêne aux sortilèges.

Ma curiosité éveillée, je veux tout de suite en savoir plus.

— Et le cercle des ombres ?

— Comment tu le connais ? demande Vicky surpris.

Je lui raconte les circonstances qui ont entouré la découverte du mort dans la maison abandonnée et de la punition qui a suivi.

— Hum... c'est étonnant. Mademoiselle Leneck n'a jamais pris le risque de faire ça en dehors du vieux chêne et, en plus, sans son **pilulier** ! C'est un rituel qu'elle a établi pour soi-disant convoquer les esprits. Un tour de magie à sa façon, si tu préfères.

J'ajoute avoir observé une espèce d'entente secrète entre Miou-Miou et ma responsable de maison.

— Ça ne veut rien dire, soupire Vicky. Ce chat est un malin.

Comme c'est la mascotte de l'école, il en profite pour se faufiler partout et en tirer profit sous forme de friandises. C'est un sacré gourmand !

Je ne suis pas vraiment convaincu et garde pour moi mes réflexions. Après avoir une dernière fois balayé avec ma lampe-torche le sol de la cuisine, je déclare :

— Continuons... On ne trouvera rien ici.

Vicky ne répond pas, il s'élance à ma suite en direction du grand hall. Mais une surprise nous attend. La trappe de la cave ayant été refermée, la pénombre nous empêche de la localiser malgré le faisceau lumineux du puissant projecteur de Vicky. Comme si elle n'avait jamais existé. Bizarre.

Instinctivement je serre mon **gri-gri** dans la main et une force étrange me pousse à réciter la formule incantatoire que m'a confiée le sorcier de **Bora Bora**. Je n'ai jamais osé m'en servir, mais cette fois, je n'hésite pas.

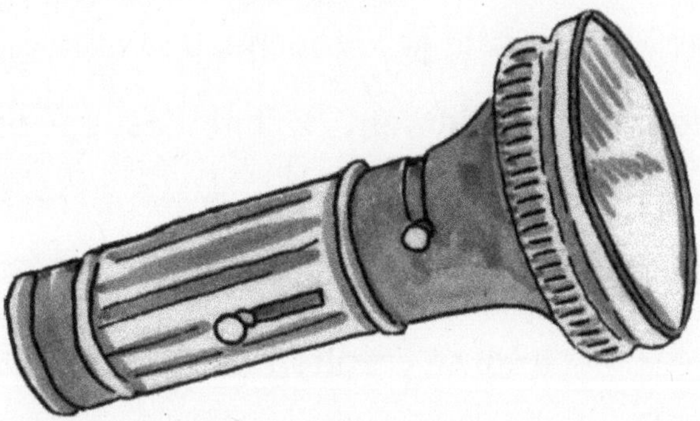

14 Quand la magie s'en mêle

Mon **gri-gri** émet aussitôt une vibration qui grandit à la vitesse de l'éclair et un phénomène extraordinaire se produit. Je me mets à transpirer et à trembler de tous mes membres. Puis j'ai la curieuse impression de quitter mon corps et de voler dans la pièce. Soudain mon champ de vision s'élargit et je vois le gros chat tourner en rond avant de disparaître derrière l'escalier. Très vite, je découvre qu'il est assis sur ce qui ressemble à une trappe.

L'instant d'après, je suis de retour dans mon corps et j'appelle Vicky qui me suit sans poser de questions. Quand j'arrive près de Miou-Miou, je me penche pour le caresser et remarque une curieuse lueur dans ses pupilles. Encore plus étrange, quand je le touche, une étincelle surgit de son contact. Décidément ce chat n'est pas ordinaire et je suis maintenant convaincu que le vieux sorcier l'a choisi pour être mon allié.

— C'est quoi ce crépitement ? demande Vicky, interloqué.

— Je t'expliquerai plus tard.

— Non. C'est maintenant, dit Vicky d'un ton qui n'admet pas la réplique. Je pense que j'ai le droit de savoir, t'ayant pris sous mon aile pour t'aider à t'intégrer dans cette école un peu spéciale. J'ai d'ailleurs su tout de suite que tu avais quelque chose de plus que les autres. Pas vrai ?

Je suis fier de la protection que m'accorde ce grand garçon que j'admire et que j'envie aussi. Quelle chance de l'avoir à mes côtés ! Je me sens en confiance et me décide à lui parler :

— Tu es au courant que mes parents se sont installés sur une petite île du Pacifique et que j'ai fait ma sixième là-bas ?

Vicky hoche la tête plusieurs fois et me fait signe de continuer.

— Ce petit paradis se nomme **Bora Bora** et un vieux sorcier y règne avec bienveillance. Grâce à lui, mon copain Maui et moi, nous avons aidé la gendarmerie à arrêter des coupables qui…

— … Viens-en au fait ! Quel est ton lien avec ce sorcier ?

— C'est le grand-père de Maui et il m'a pris en amitié. Il m'a aussi jugé digne de partager son ***mana***. C'est une énergie extraordinaire, réservée aux initiés, capable de véritables miracles. Avant mon départ, il m'a même remis un pendentif aux pouvoirs particuliers. Grâce à ce **gri-gri**, je reste toujours en relation avec lui.

— Et tu crois que ton sorcier peut agir à distance ?

demande Vicky, gagné par le doute.

— Bien sûr ! Mais uniquement pour les urgences ! Il m'a également confié une formule magique.

— Et que vient faire le chat de l'école dans cette histoire ?

— Tu as remarqué que les sorciers ont souvent près d'eux un animal fétiche ?

— Oui, c'est vrai.

— C'est parçe qu'ils s'en servent souvent comme intermédiaire ou comme messager. Miou-Miou, qui n'est pas un chat ordinaire, est le candidat idéal pour ce genre de mission.

— Eh bien, chapeau ! Il est fort ton sorcier, s'exclame Vicky les yeux pleins d'admiration. Voyons s'il va continuer à nous aider de si loin.

Je n'en doute pas une seconde et je me dirige confiant vers la trappe et la soulève. À l'intérieur, c'est la surprise. Tout a été nettoyé : plus de sacs de couchage, couvertures usagées et vieux objets comme entr'aperçus la veille.

— Soit la gendarmerie a perquisitionné et a tout embarqué, soit des types sont passés avant nous, déclare Vicky d'un ton las. On ne trouvera rien, rentrons.

Mon **gri-gri** vibre de nouveau, alors je lui fais signe que ce n'est pas encore le moment de rentrer et, sans attendre, je commence mon inspection. Tout à coup je lui lance par-dessus son épaule :

— Ton projecteur, vite ! On dirait qu'il y a quelque chose de suspect ici.

Le chat, lui aussi, a stoppé sa progression et fixe un point dans le noir. Je ne distingue d'abord rien de précis, puis soudain je me fige. Le rayon lumineux qui balaie à présent le fond de la cave éclaire une silhouette suspendue par un crochet enfoncé dans la voûte.

— C'est quoi, ce truc ? hurle Vicky en proie à la panique.

Malgré la mise en scène macabre, je garde mon sang-froid et explique :

— C'est seulement un mannequin en paille bourré d'épingles !

Je poursuis :

— Ne crains rien, la **magie noire** ne présente aucun danger pour nous.

magie noire = magie utilisée pour faire le mal

— Comment en es-tu si sûr ? demande Vicky d'une voix tremblante.

Pour toute réponse, je lui montre mon **gri-gri**, puis ajoute un sourire malicieux aux lèvres :

— Qui tu sais nous protège ! En plus, on a affaire à des amateurs… il n'y a qu'à voir la façon dont les épingles sont posées. Du grand n'importe quoi !

Vicky est totalement **bluffé**. Il s'approche, me pose la main

bluffé = impressionné

sur l'épaule et déclare **solennel**lement :

— Tu as beaucoup à nous apprendre, mon frère.

— Mon frère ?

— Oui, tu es digne d'entrer dans l'ordre très fermé des Sorciers normands. Nous y sommes tous frères.

C'est à mon tour d'être impressionné. Des magiciens en Normandie et dans mon école ! C'est inespéré. Je comprends d'un coup que ces rencontres ne sont pas le fruit du hasard mais sont minutieusement organisées depuis le début par le vieux sorcier de **Bora Bora**. Je soupire de joie, le remercie silencieusement de veiller si bien sur moi et réponds avec enthousiasme :

— C'est un grand honneur. Je ferai tout pour être digne de votre ordre.

Le chat, qui nous observe depuis un moment, se met à miauler énergiquement comme pour nous rappeler à l'ordre. Nous éclatons de rire en l'entendant.

— En plus d'un nouveau membre, déclare Vicky en retrouvant son sérieux, on a aussi gagné un gardien qui nous rappelle à notre mission. Quelle chance ! Cherchons maintenant si le **pilulier** de mademoiselle Leneck est dans les parages, même si je n'y crois pas.

15 L'ordre des Sorciers normands

— Tu as lu *Les Trois Mousquetaires* d'Alexandre Dumas ? demande Vicky en me croisant le lendemain matin.

— Oui, pourquoi ?

— Parce que nous allons être les trois mousquetaires des magiciens normands.

— D'abord ils étaient quatre, tu oublies d'Artagnan. Ensuite qui est donc le troisième ?

— Tu as mal lu Dumas : au début, d'Artagnan n'était pas mousquetaire du roi et le troisième mousquetaire se nomme Adrien. Ça te va comme réponse ?

Nous n'avons pas le temps de continuer notre conversation, j'entends la sonnerie de l'étude du matin, nous devons chacun nous diriger vers une salle différente.

J'ai le cœur léger. Tout en me rendant à mon étude, je mets machinalement la main dans ma poche de pantalon et m'aperçois qu'un petit bout de papier y a été glissé. Une fois installé à ma table de travail, je le tire de ma poche et je lis avec curiosité le message :

Rendez-vous ce soir après l'étude

sous le vieux chêne

Cette fois, c'est du sérieux et je ne tiens plus en place. Je n'ai qu'une envie : me lancer dans l'action et tester mes nouveaux pouvoirs, surtout avec l'aide de mes amis. Mais combien sont-ils vraiment ? Je fais le compte. À part Vicky et Adrien, personne ne m'a encore adressé la parole. Je fais défiler dans ma tête les élèves que j'ai croisés depuis mon arrivée : Solène, la jolie blonde qui m'ignore, Pierre le faux protecteur et quelques **internes** moqueurs ou méprisants.

internes = élèves hébergés et nourris dans l'école

C'est peu. Tout à coup, je me souviens du garçon qui m'a aidé le premier soir au **réfectoire**. Fait-il partie lui aussi de l'ordre des Sorciers normands ? Si tel est le cas, cela ferait quatre copains sans oublier l'irremplaçable Miou-Miou.

La journée est longue et j'ai beau scruter les visages qui m'entourent, personne ne semble s'intéresser à moi. Je n'ai pas vraiment le choix, je dois bosser si je ne veux pas être le mauvais élève de la classe. Pourtant, à chaque fois que j'essaie de me concentrer, l'image d'un cocotier ou d'une plage de sable fin vient troubler mes efforts. Rien à faire, mon cœur et surtout mon esprit sont restés là-bas.

Quentin… Quentin !

À travers la brume de mes rêveries, je crois tout à coup entendre mon nom prononcé plusieurs fois. Je me redresse, ouvre grand les yeux et remarque avec effarement que tous les élèves me fixent.

— Ah enfin ! fait la professeure de français de sa jolie voix grave. Te voilà de nouveau parmi nous. Pourrais-tu nous réciter le poème du jour ?

Je rougis jusqu'aux oreilles. À ma grande honte, j'avoue que je n'ai rien noté de tel dans mon cahier de textes. Les élèves rient joyeusement, même la professeure esquisse un sourire.

— Enfin voyons, tu devrais savoir qu'à chaque nouveau cours correspond un poème différent ! Ils sont tous répertoriés dans le registre des chapitres.

Je tombe évidemment des nues. Personne ne m'a averti et je ne sais même pas où se trouve le registre des chapitres. Je bafouille des excuses, m'attendant à être puni, mais la chance me sourit car ma professeure se contente de me donner un avertissement. Je promets d'être plus attentif et me plonge dans la série d'exercices qu'elle vient de nous donner.

Quand la fin de la journée arrive, je n'ai pas vraiment vu le temps passer. Je commence à prendre mes marques et espère qu'avec mes nouveaux copains la vie de l'école n'aura plus de secrets pour moi. La sonnerie de l'étude du soir résonne encore lorsque je m'éclipse discrètement pour me diriger au fond du parc. Il fait déjà nuit mais j'ai tout prévu. Muni de ma lampe-torche, j'éclaire discrètement les allées qui mènent à l'arbre centenaire, lieu de ralliement de l'ordre, et presse le pas.

Une surprise de taille m'attend.

Le vieil arbre est entouré d'un cercle de bougies allumées qui scintillent dans la pénombre. Quelques silhouettes s'agitent et je crois reconnaître Adrien. D'autres sont assises, parfaitement immobiles. Je n'ose pas m'approcher tant la scène me paraît irréelle. Dans un flash de lumière, j'aperçois mademoiselle Leneck qui se dresse telle l'épée de justice. Elle est en pleine discussion avec Vicky. Je n'entends pas ce qu'ils disent, mais ils n'ont pas l'air d'accord.

J'ai envie de rebrousser chemin quand un coup sur l'épaule me fait sursauter. Je me retourne et reconnais le garçon du **réfectoire**.

— J'espère que tu ne veux pas t'en aller ! Je m'appelle Fred, me dit-il en me tendant la main.

Puis, avec un clin d'œil, il ajoute :

— T'inquiète ! Le cérémonial est impressionnant mais ne doit pas te faire peur. On est tous là pour s'entraider. Crois-moi, à Saint-Romain, c'est très utile.

Sa remarque me vexe et je réponds un peu sèchement :

— Je n'ai pas peur. Je me demande simplement ce que fait mademoiselle Leneck ici. Pour tout dire, je suis un peu perdu.

— Tu m'étonnes ! s'exclame Fred. C'est tout à fait normal et tu vas vite t'y mettre. Surtout qu'un sorcier te protège, si j'en crois la rumeur.

— C'est un peu plus compliqué…

— … Wouah ! Ne m'explique rien. Enfin quelqu'un qui s'y connaît un peu ! Je suis désolé de t'apprendre que le niveau dans cet ordre n'est pas au top malgré les efforts de certains.

— Tu penses à qui ?

— À notre chef qu'on appelle Grand Frère et qui n'est autre que Vicky. Alors d'accord, il connaît tous les profs, tous les recoins de l'école mais, côté magie, il est nul. C'est pour cette raison qu'il lèche les bottes à mademoiselle Leneck qui se vante d'avoir certains pouvoirs.

— Tu crois qu'il l'invite pour ça ?

— Oui et elle va nous faire le coup du **pilulier**.

— Le coup du **pilulier** ?

— D'après elle, il contient son énergie magique. Chaque fois qu'elle le perd, ses tours de passe-passe échouent ! Il n'y a que Vicky pour la croire, les autres élèves font semblant. En échange, on s'évite des punitions.

Mademoiselle Leneck vient justement de s'assoir et Fred me fait signe qu'il est temps de nous approcher. Nous cherchons un endroit discret quand Vicky nous aperçoit et fond sur nous.

— Pas question de vous cacher ! Venez avec moi.

Il nous empoigne chacun par le cou et nous emmène au centre du cercle lumineux. Puis, prenant un air mystérieux, il montre une fente dans l'écorce du vieux chêne.

— Regardez ! L'énergie magique de notre ordre vient tout droit de cet arbre. Il nous parle.

Je ne peux m'empêcher de hausser les épaules. Je n'ai jamais entendu dire qu'un arbre pouvait parler ! C'est à ce moment précis que mademoiselle Leneck, qui était restée silencieuse jusque-là, secoue les bras et les jambes comme si une armée d'insectes l'attaquait. Elle ouvre la bouche plusieurs fois, mais n'émet que des grognements avant de se lever et de s'en aller précipitamment.

— Quelle mouche l'a piquée… ça lui arrive souvent ? je demande profondément, troublé par cette drôle de scène.

Elle me rappelle notre première rencontre lors de la disparition d'Adrien et je me demande si cette femme ne joue pas constamment la comédie. Un vrai sorcier n'agit pas de cette manière. J'ai pu m'en rendre compte durant mon séjour à **Bora Bora**. Je regarde Vicky espérant obtenir une explication, mais le grand garçon ne semble pas affecté par le départ de mademoiselle Leneck. Il regarde autour de lui si tout le monde est bien installé, puis déclare :

— Je vous présente notre nouveau frère, Quentin Dutour, qui vient d'une île lointaine, pays où les sorciers ont tous les pouvoirs. Je compte sur vous pour qu'il s'intègre à Saint-Romain, comme il se doit.

J'entends quelques ricanements et observe quelques grimaces de contrariété. Je n'aime pas la façon dont Vicky me présente. On va me prendre pour un crâneur ou, pire encore, pour un pro de la magie, ce que je ne suis pas. J'aimerais donner ma version, mais Vicky ne m'en laisse pas le temps. Il ajoute :

— Grâce à ses talents, il va nous aider à découvrir les mystères de la maison abandonnée et, qui sait, à résoudre avant les gendarmes l'énigme de l'homme tué d'un coup de couteau.

Cette fois, un grand soupir sort de toutes les poitrines, faisant vaciller la flamme des bougies et monter des ténèbres un murmure d'admiration. D'un seul élan, les enfants se donnent la main, ne quittant pas des yeux Vicky qui s'approche du tronc noueux et passe le bras à l'intérieur de la fente. Après avoir récité plusieurs formules à mi-voix, il allume des bâtonnets d'encens dont la senteur entêtante se répand autour d'eux.

— Quelle classe ! je murmure, admiratif.

— Du théâtre, réplique Fred d'un ton acide. Rien de vraiment excitant ni de constructif, hélas !

Quand le dernier bâtonnet d'encens s'éteint, chacun se lève pour regagner son dortoir. Au moment où je quitte les lieux, je crois apercevoir Solène qui se glisse sans bruit dans la nuit.

16 Des étoiles pleins les yeux

— Tu t'y connais vraiment en magie ? m'interpelle Solène lorsque je viens prendre son cartable à son étage, le lendemain matin.

Elle scrute mon visage avec curiosité et je crois lire dans son regard une certaine admiration. Mais je me trompe peut-être. Je prends sans doute mes rêves pour des réalités.

— Tu ne me réponds pas ? insiste-t-elle.

Elle s'approche de moi et pose sa main sur la mienne.

— Tu ne me crois pas digne de confiance, c'est ça ?

J'ai les battements de mon cœur qui s'accélèrent, car je sais que ma réponse va gagner ou non l'amitié de cette jolie fille qui jusqu'à présent ne m'accordait aucune attention. J'en perds, d'un coup, tous mes moyens. Par réflexe, je serre mon **gri-gri** de ma main libre et, aussitôt, je sens renaître ma confiance en moi. Le geste n'a pas échappé au regard aiguisé de Solène qui m'encourage d'un sourire enjôleur. Alors, je me lance et tente de lui expliquer.

— Un sorcier m'a autorisé à partager son ***mana***. C'est une sorte d'énergie magique qui permet à celui qui le possède d'utiliser des pouvoirs surnaturels.

— Wouah ! s'écrie Solène, **subjuguée**. Tu es donc un vrai sorcier.

subjugué = sous le charme

— Je ne suis qu'un apprenti sorcier et j'ai encore tout à apprendre. Inutile de te dire qu'à distance, c'est plus difficile.

— Ne fais pas le modeste. Je suis sûre que tu vas nous étonner. Quand fais-tu ta première séance ?

— De quoi parles-tu ?

— De ta séance de magie, voyons ! Tu rejoins l'ordre dans le seul but de nous initier, n'est-ce pas ?

En riant, elle dépose un baiser sur ma joue et ajoute :

— N'oublie pas que tu es mon chevalier servant et que je dois être la première à découvrir tes talents. Retrouve-moi dans la cour à treize heures.

Je n'en crois pas mes oreilles. Pourtant j'ai bien entendu, Solène me donne rendez-vous après la cantine. Ma joie ne dure pas quand je réalise qu'il va falloir que je l'éblouisse en jouant les magiciens ! Comment est-ce que je vais m'y prendre ? Je n'en ai aucune idée. Une chose est certaine, le vieux sorcier ne m'aidera pas.

***

J'y ai réfléchi toute la matinée et suis arrivé à la conclusion que je vais devoir lui avouer la vérité. L'art de la magie s'apprend et se mérite. Je ne suis pas capable d'user de pouvoirs qui ne sont pas les miens et n'en ai pas l'intention. Je sais aussi qu'il est dangereux de braver les forces surnaturelles et de réveiller les démons qui dorment en chacun de nous.

Le repas de midi est vite expédié et c'est, les yeux brillants d'excitation mêlé d'appréhension, que je me dirige vers l'endroit où Solène m'attend. Elle n'est pas là, mais Miou-Miou a déjà investi les lieux et se dore au soleil. Heureusement, je n'ai pas à attendre longtemps. Quelques minutes après mon arrivée, j'aperçois Solène qui vient vers moi d'un pas décidé, le sourire aux lèvres. Je remarque avec émotion ses cheveux blonds qui étincellent sous le soleil et sa jupe d'uniforme qui danse au rythme de ses pas. Qu'elle est jolie et quelle classe ! Je suis tellement intimidé que je bafouille un timide

— Bonjour, qui la fait éclater de rire. Mais, à la différence des autres fois, son rire est bienveillant et m'emplit de bonheur.

— Où vas-tu faire tes tours de magie ? me demande-t-elle d'un air **solennel**.

Je n'y ai pas réfléchi mais je réponds aussitôt :

— Sous le vieux chêne.

— Évidemment ! s'exclame-t-elle. C'est l'endroit idéal.

Elle a à peine fini sa phrase qu'elle m'attrape par la main et m'entraîne vers le fond du parc où se dresse majestueusement l'arbre centenaire. À cette heure de la journée, l'endroit est calme car les élèves sont encore au **réfectoire** ou dans les salles de jeux. Comme nous ne sommes que tous les deux, je me dis que cela va m'aider à lui avouer la vérité.

— Les vrais sorciers, Solène, ne font pas de tours de passe-passe. Ils agissent dans l'ombre après de longues années d'expérience et ils…

Elle pose son doigt sur ma bouche en clignant curieusement des paupières.

— Chut ! fait-elle. Les esprits nous écoutent. Tu dois te concentrer, Quentin, et oublier que je suis là.

C'est vite dit. Je me demande plutôt comment je vais me tirer de ce mauvais pas quand Miou-Miou se frotte contre moi en émettant un miaulement plaintif. Je saisis l'occasion. Je me penche et frotte mon **gri-gri** contre son poil. Bingo ! Une étincelle jaillit à son contact. Solène ouvre de grands yeux et pousse des cris de joie. Moi-même étonné, j'envisage de lui expliquer que je ne comprends pas ce qui se passe quand se produit un phénomène encore plus étrange. Le chat se roule à mes pieds, puis tourne autour de moi avant de disparaître dans la fente de l'arbre. Le message est clair : il me montre une fois encore le chemin. Alors je le suis sans me poser de questions.

À l'intérieur de la **cavité**, il fait noir et j'agrippe

cavité = partie creuse de l'arbre, trou

instinctivement mon **gri-gri**. Je le sens vibrer de plus en plus fort, ce qui me fait transpirer d'inquiétude.

J'ai même l'impression de ne plus être dans mon corps. Que se passe-t-il ? Je ferme les yeux et pense très fort à Maui, à son île et à son grand-père, le vieux sorcier. Cela me fait non seulement du bien, mais c'est à ce moment précis qu'un flash de lumière éclaire l'intérieur de l'arbre et que j'ai une vision. Je vois des flammes, puis le visage d'un homme qui me semble familier. Soudain un voile noir passe devant mes yeux et tout disparaît.

Je me précipite à l'extérieur, affolé. Solène et le chat ont, eux aussi, disparu. Ne sachant plus quoi penser, je retourne rejoindre les autres élèves. Quand j'arrive devant les salles de jeux, je remarque que la porte de l'une d'entre elles est ouverte. Je n'hésite pas et je m'y dirige avec l'espoir de me calmer et de rassembler mes idées. Je me trompe.

17 Une fête rien que pour toi

Je m’engage avec confiance dans le couloir qui mène à la salle de jeux quand, soudain, Vicky surgit devant moi et se met à crier à pleins poumons :

— Voilà le héros du jour ! Que la fête commence !

Puis, se penchant vers moi, il me chuchote à l’oreille :

— Une fête rien que pour toi, mon pote. Qu’en dis-tu ?

Je suis muet de surprise et encore plus quand Solène s’avance dans ma direction, portant un plateau sur lequel trône un immense chapeau conique de couleur noire. Derrière elle se tient Adrien **affublé** d’un tablier trop grand

affublé = habillé avec un vêtement étrange ou ridicule

pour lui et d’un casque de pompier. Ce n’est pourtant pas carnaval, mais ça y ressemble vu les habits bizarres que portent certains élèves. Je reconnais Fred tout de noir vêtu qui me fait un signe d’encouragement. Mais les autres élèves me sont inconnus.

Vicky, qui vient de se coiffer du même chapeau conique que celui qui est sur le plateau, s'avance et déclare :

— Allons sous le vieux chêne. L'instant est **solennel**... Je vous présente Quentin. Il aura les mêmes privilèges qu'un grand frère et portera le chapeau conique, signe d'autorité au sein de notre ordre. N'oubliez pas qu'il a beaucoup de choses à nous apprendre et que c'est une chance qu'il nous rejoigne.

Des chuchotements enflent dans la salle, tous ne sont pas d'accord avec Vicky qui fronce les sourcils de contrariété. Une fille aux cheveux très courts est même sur le point de prendre la parole quand, d'un geste autoritaire, il fait taire l'assistance. Il a vraiment le look et l'attitude d'un chef. Je suis empli d'admiration et me dis que j'ai du chemin à faire avant de lui ressembler ! Ça n'a pas l'air d'être son avis, car il me prend par le bras et me fait monter sur une chaise.

— Le voilà notre chef à tous ! déclare-t-il.

Je rougis aussitôt jusqu'aux oreilles et me serais enfui si Solène ne s'était pas approchée de moi en me tendant le fameux chapeau conique.

— Sur la tête... sur la tête ! se mettent alors à crier les élèves à l'exception de la fille aux cheveux courts qui fusille Solène du regard. Ces deux-là se détestent, c'est sûr !

Très embarrassé, je laisse Vicky prendre le chapeau et me le poser sur la tête telle une couronne. Je me demande avec anxiété ce qui va suivre, mais je dois avouer que je suis aussi sur un nuage rien qu'en voyant les yeux de Solène briller d'admiration. Elle ne me quitte pas du regard et affiche un sourire complice comme si elle partageait mes secrets.

Instinctivement, j'agrippe mon pendentif mais, évidemment, il ne se passe rien. Le vieux sorcier doit être contrarié de la tournure des événements, car la magie n'est pas un jeu d'enfant. J'espère seulement qu'il ne va pas se mettre en colère. Pour conjurer le sort, je prends le parti d'expliquer à ceux qui m'entourent que je ne suis qu'un apprenti sorcier avec des pouvoirs très limités. J'ai à peine commencé à bredouiller mon explication que mademoiselle Leneck entre dans la salle telle une furie.

— Qu'est-ce qui se passe ici ?

Voyant Vicky, elle se calme et ne s'étonne même pas de nous voir tous les deux coiffés de l'étrange chapeau conique. Elle tourne les talons et nous lance :

— Attendez, je reviens !

Devant mon air ahuri, Vicky éclate de rire.

— Tu n'as pas encore tout vu, mec… D'autres surprises t'attendent !

Ne perdant pas une seconde, il enfile une cape rouge puis fait signe aux élèves d'en faire autant. Vicky dessine alors sur le sol un cercle avec une craie qu'il a tirée de sa poche. Tous sont attentifs et le silence est impressionnant.

— Apprenti sorcier ou pas, commence-t-il en me fixant, tu vas participer au rituel de notre ordre.

Sans me quitter des yeux, il entre dans le cercle et, d'un geste de la main, me fait signe de l'imiter. C'est à ce moment précis qu'à ma grande surprise mon **gri-gri** se met à vibrer. Je me sens soulagé, le sorcier de **Bora Bora** ne m'a pas abandonné. Mais en même temps, je m'inquiète. Que va-t-il penser ? Je ne tiens pas à le fâcher ni à le décevoir. Je vais devoir agir avec prudence. Je prends une profonde inspiration et entre dans le cercle, bien décidé à lui faire honneur.

Une fois à l'intérieur du cercle, il ne se passe rien. Vicky a pris un air absent et n'arrête pas de jeter des regards inquiets vers la sortie. On dirait qu'il attend quelque chose ou quelqu'un. Devant l'agitation de l'assistance et les sourires moqueurs, je me décide à l'aider. Je ferme les yeux puis commence à réciter la formule magique que m'a apprise le vieux sorcier. Hasard ou pas, c'est alors que la porte s'ouvre et que mademoiselle Leneck fait une apparition remarquée. Coiffée d'un chapeau conique rouge rehaussé de plumes noires, elle s'avance en brandissant la baguette en bois qui ne la quitte jamais. Arrivée à notre hauteur, elle frappe le sol plusieurs fois tout en proférant d'étranges paroles *whizz, abracadabra, aloha* que répètent aussitôt Vicky repris ensuite par les autres élèves. Enfin, elle entre dans le cercle et s'écroule sur le sol.

— À toi de jouer ! me jette Vicky.

Cette fois, l'attitude de mademoiselle Leneck ne m'impressionne pas. Le scénario étant toujours le même, je trouve que ça sent l'arnaque à plein nez. J'ai tort car, au moment où une force invisible me pousse à tendre la main au-dessus d'elle, son corps est agité de violents soubresauts puis se soulève du sol. Il entre en **lévitation**

en lévitation = suspendu au-dessus du sol

comme dans les histoires de **fakirs** !

fakir = magicien de tradition indienne

À la tête que fait Vicky, je comprends que c'est la première fois et je souris intérieurement.

Le vieux sorcier chercherait-il à faire passer un message ?

Comme si cela ne suffisait pas, le chat Miou-Miou fait son entrée, le poil hérissé et les babines retroussées.

Il est clair qu'il se passe quelque chose qui n'est jamais arrivé auparavant. Tous les élèves présents sont **tétanisés**, même la fille aux cheveux courts semble sous le choc. Vicky me regarde avec des yeux ronds comme des soucoupes et Solène sourit aux anges. On dirait qu'ils attendent que je fasse un tour de magie. C'est alors que j'ai une inspiration.

Je saisis la baguette de mademoiselle Leneck qui se trouve sur le sol à côté d'elle et je tente ma chance. Je l'agite dans tous les sens en pensant très fort au sorcier de **Bora Bora**.

Bingo ! Une pluie d'étincelles se met soudain à tourbillonner dans l'air sous les applaudissements des élèves, puis, après une curieuse danse, vient se poser en douceur sur le corps de mademoiselle Leneck. Elle ouvre les yeux, se redresse et me fait signe d'approcher.

— Viens me voir après les cours, Quentin. J'ai à te parler.

Sans autres explications, elle se lève, remet de l'ordre dans ses vêtements chiffonnés et coiffe son chapeau sur sa tête. Puis, ayant retrouvé sa dignité, elle déclare :

— Mes enfants, un événement important vient de se produire. Je vous demande la plus grande discrétion car nous sommes enfin entrés en communication avec les esprits. L'ordre des Sorciers normands a trouvé son maître.

Je comprends qu'elle s'adresse à moi et je rougis sous le compliment. Maintenant il va falloir être à la hauteur !

18 Un pacte inattendu

Je n'ai évidemment pas vu passer l'après-midi, perdu dans des rêves plus fous les uns que les autres, m'imaginant Solène folle d'admiration. Fini le chevalier servant ! Mais c'est alors qu'une légère tape sur l'épaule me ramène brutalement à la réalité.

Le professeur d'anglais, un certain monsieur Brown, se tient près de moi et attend visiblement une réponse. Je n'aime pas cette langue que je trouve difficile à prononcer. Faisant un gros effort, je bredouille :

— Can you repate? = pouvez-vous répater

— *Repeat, please!* = Répéter, s'il vous plaît ! corrige le professeur exaspéré par mon faible niveau d'anglais. Quand allez-vous écouter ?

Puis, d'un mouvement d'humeur, il casse sa règle sur mon bureau et hurle :

— Interrogation écrite pour tout le monde !

Je préfère ignorer les regards furieux que me lancent les autres élèves et plonge le nez dans mon cahier. Adrien, de l'autre côté de la rangée, fait de même. On en rira plus tard, mais pour l'instant on n'en mène pas large. Aussi nuls l'un que l'autre, nous sommes les derniers de la classe et un peu la bête noire de monsieur Brown.

Une fois les cours terminés, je fais signe à mon copain de me suivre dans le fond de la cour. Nous y serons tranquilles pour parler de tout ce qui m'arrive. J'ai besoin de réfléchir avant l'arrivée de mademoiselle Leneck. Adrien, d'habitude si cool, a l'air nerveux.

— C'est dingue ton histoire ! finit-il par lâcher. Tu vas avoir une réputation de ouf mais te faire aussi des ennemis dans l'école. Fais attention, mec !

Je hausse les épaules. Je sais tout ça mais je me sens fort maintenant que j'ai compris que le vieux sorcier de **Bora Bora** était à mes côtés. N'empêche qu'il va falloir gérer cette nouvelle réputation qui risque de ne plus me quitter et de m'apporter plus d'ennuis que d'avantages. Peut-être pas... en pensant à l'attitude de Solène, je me dis qu'au contraire, j'ai tout à y gagner surtout auprès des filles. Mon copain, qui semble lire dans mes pensées, me dit soudain d'un drôle d'air :

— Surtout ne te fais pas trop d'illusions avec Solène. C'est une peste ! Elle utilise les garçons et les jette quand elle n'en a plus besoin.

— C'est relou de dire des choses pareilles ! Dis-moi plutôt ce que tu penses de mademoiselle Leneck ?

Adrien soupire et s'assoit comme écrasé par un poids trop lourd pour lui.

— C'est un mystère ! Mais une chose est sûre, sans elle l'ordre des Sorciers normands n'existerait pas. Elle a beaucoup d'influence ici, tout le monde la craint même le directeur et puis, elle entretient le mystère avec son **pilulier** et ce curieux bâton qu'elle ne quitte jamais. Il y a aussi ce chat bizarre et ce perroquet qui parle à tort et à travers.

— Pourquoi ce vieux chêne ?

— Parce que des esprits l'habitent et se manifestent régulièrement.

— Que représente alors le cercle des ombres ? je lui demande de plus en plus étonné.

— C'est un rituel de notre ordre. On y pénètre pour y être accepté ou être puni. Un cercle magique que les esprits utilisent aussi pour communiquer avec nous ou plus exactement avec les initiés…

— … dont fait partie mademoiselle Leneck.

Adrien **opine** de la tête puis, dans un souffle, ajoute :

— Quand on parle du loup, on en voit la queue. La voilà ! Je me sauve.

À peine est-il parti que je me retrouve en face de cette femme à la mine grave, habillée de sa longue jupe noire et de sa curieuse baguette attachée à sa ceinture. Je remarque avec surprise que son chignon est à moitié défait et que ses lunettes écaille sont posées de travers sur son nez. Elle semble un peu à l'ouest. A-t-elle rencontré un fantôme ? S'est-elle battue avec quelqu'un ? Je n'ose évidemment pas le lui demander.

— Quentin, commence-t-elle d'une voix rauque que je ne lui connais pas, tes pouvoirs vont nous permettre de communiquer avec les esprits et j'ai reconnu en toi un être différent des autres élèves. Nous allons faire de grandes choses ensemble.

En entendant ces mots, j'ouvre de grands yeux. Que veut-elle dire ? Elle remarque ma surprise et s'approche.

— Tu es étonné, n'est-ce pas ? Ne réponds pas, je le vois dans ton regard. D'ailleurs, c'est toujours la première réaction de ceux qui ne me connaissent pas. Ils me prennent pour une folle !

Elle fait une pause et me regarde de haut en bas plusieurs fois avant de continuer :

— Tu ne ressembles pourtant pas à l'idée que je me fais d'un sorcier, même apprenti comme tu essaies de nous le faire croire. Et puis, ton histoire de communication à distance avec ce vieil homme dans une île lointaine, je n'y crois pas un instant !

Elle se met à rire curieusement, d'un rire en cascade qui ressemble davantage au bruit d'une chasse d'eau qu'à celui des chutes du **Niagara**.

Niagara = chutes d'eau spectaculaires en Amérique du Nord

En tout cas, ce n'est pas discret et ne lui ressemble pas. Je ne sais plus quoi penser et suis complètement perdu. À tout hasard, je me risque à lui demander :

— Vous avez des pouvoirs magiques, vous aussi ?

Elle me lance un regard furieux et s'exclame :

— Tais-toi, malheureux ! Il y a des secrets qu'il faut savoir garder. Écoute plutôt ce que j'ai à te confier.

Avec sa baguette, elle trace sur le sol un cercle. Puis, d'un geste qui n'admet pas la réplique, elle me fait signe d'y pénétrer. J'obéis, un peu inquiet.

— Te voilà au centre d'un cercle où il est dangereux d'entrer si tu ne fais pas partie de notre ordre et surtout si tu n'as pas été désigné.

— Désigné par qui ?

La question m'a échappé et je vois aussitôt que mademoiselle Leneck est contrariée. Ses lèvres se crispent en une drôle de grimace et je me dis qu'elle va me remettre à ma place. À ma grande surprise, sa grimace se transforme en un petit sourire **condescendant**.

condescendant = supérieur, méprisant, insolent

— Mon garçon, tu as encore beaucoup de choses à apprendre. Sache que notre ordre remonte au Moyen-Âge, à une époque où les sorciers étaient brûlés en place publique. Tu comprendras que le secret était de la plus haute importance. Hélas, rien n'a beaucoup changé. Évidemment on ne les brûle plus mais on les tient à l'écart, on se moque d'eux et on ne croit plus en leurs pouvoirs. Saint-Romain est la seule école en France qui abrite un ordre comme le nôtre qui, non seulement, est toléré mais peut compter sur quelques appuis au sein même de l'établissement.

Elle cligne des yeux d'un air entendu mais, comme j'ai l'air de ne pas comprendre, elle soupire et ajoute :

— Je veux parler de notre directeur qui est bienveillant à notre égard. Il ferme les yeux sur nos réunions et agissements. C'est une énorme chance. Tu es bien tombé, Quentin !

C'est encore à prouver mais je n'en laisse rien paraître. C'est le moment de m'affirmer et, qui sait, de faire équipe avec ce drôle de professeur.

— Nous allons conclure un pacte, reprend-elle. Je vais te révéler certaines choses que tu dois connaître. Évidemment, il faut me promettre le secret absolu, n'est-ce pas ?

Cela va sans dire. Je saisis mon pendentif à pleine main et fais le serment de garder ce précieux secret au plus profond de moi. Aussitôt, mon **gri-gri** se met à vibrer puis tout mon corps se met à trembler !

— Prends ma baguette, me crie mademoiselle Leneck soudain surexcitée. Il se passe quelque chose d'extraordinaire !

Je m'exécute, pensant que c'est plutôt le vieux sorcier de **Bora Bora** qui se manifeste. J'ai l'impression qu'il apprécie ce pacte et qu'il veut nous aider. Comme c'est l'occasion que j'attendais, je ne me fais pas prier. Une fois la baguette entre mes mains, je récite la formule magique que j'ai apprise par cœur avant de quitter ma petite île du Pacifique. Aussitôt, un nuage d'étincelles tourbillonne autour de ma tête et une voix que je crois reconnaître à son accent particulier me chuchote

— *Retourne à la vieille maison et descends dans la cave, tu y trouveras la preuve que tu cherches.*

J'aurais aimé en savoir plus, mais je suis saisi de panique quand je découvre mademoiselle Leneck étalée de tout son long sur le sol et qui semble évanouie. Au moment où je suis sur le point de courir chercher du secours, le chat Miou-Miou fait son apparition. Il ne semble pas étonné. Au contraire, il se dirige tranquillement vers elle et commence à lui lécher les mains. L'effet est immédiat : mademoiselle

Leneck reprend peu à peu ses esprits et se tourne immédiatement vers moi :

— La baguette que je viens de te remettre, Quentin, n'est pas une baguette ordinaire. Elle appartenait à un grand sorcier de ma famille et elle t'a choisi, explique-t-elle en me fixant avec, je crois, une étincelle d'admiration dans le regard.

— Comment ça… et le **pilulier** ? Je ne comprends pas.

— Le **pilulier** est un objet tout à fait ordinaire, il n'a aucun pouvoir. C'est la baguette qui en a et qui va maintenant travailler pour toi. Sache que si tu peux utiliser tes dons sans elle, elle va te permettre d'obtenir des résultats encore plus spectaculaires. N'oublie jamais que c'est la baguette qui t'a choisi et que, grâce à elle, tu vas devenir un grand sorcier.

— Mais c'est la vôtre !

— C'était la mienne. À présent, c'est la tienne. D'ailleurs, je n'ai jamais su m'en servir. À chaque sorcier sa baguette et apparemment elle ne m'était pas destinée. Elle t'attendait.

Je reste sans voix et cherche toujours à comprendre.

— Mais c'est un simple morceau de bois !

— Grave erreur. Chaque type de bois a des significations et des caractéristiques particulières. Regarde ! Cette baguette est faite en chêne blanc **patinée,**

patiné = dont la couleur est plus terne avec le temps

le même bois que la baguette de Merlin l'Enchanteur. Elle exige force, courage et loyauté de la part de son sorcier. J'observe la baguette d'un œil nouveau et remarque combien son bois est lisse et brillant. Son extrémité renflée en forme de bec de canard me fait penser à la canne de mon grand-père, ce qui me rassure.

— L'élément le plus important pour le bon fonctionnement d'une baguette, continue mademoiselle Leneck, est son cœur magique. Le ventricule du dragon qui compose celui de ta baguette va la rendre puissante et te faciliter l'apprentissage de toutes sortes de sortilèges. Fais-en bon usage et ne t'en sépare jamais.

Je le lui promets et la serre contre ma poitrine en espérant qu'elle va faire bon ménage avec mon **gri-gri**. En partant, elle ajoute d'un air de défi :

— Je suis convaincue que tu vas faire rayonner notre ordre dans tout le pays ! Il est grand temps que ce pauvre Vicky qui ne t'arrive pas à la cheville cède la place. Je vais m'en occuper immédiatement.

— Non ! je m'écrie affolé à l'idée de perdre un copain qui connaît si bien l'école et ses secrets.

Mais mademoiselle Leneck fait celle qui n'a pas entendu et quitte la cour à grandes enjambées, me laissant en proie à d'affreux doutes.

19 Les ennuis commencent

— **Fayot**, fayot ! hurle une petite bande d'élèves parmi

fayot = lèche-bottes, qui flatte ses supérieurs, flatteur

lesquels je reconnais la fille aux cheveux courts.

Je ne connais pas ce mot mais je comprends qu'ils sont en colère contre moi. Que me reprochent-ils ? Sont-ils jaloux de l'attention que me porte mademoiselle Leneck ou veulent-ils m'impressionner pour que je ne rentre pas dans l'ordre des Sorciers normands ? En fait, la seule réaction qui m'inquiète est celle de Vicky, ce grand garçon qui m'a pris sous sa protection et qui connaît tant de choses. Comment va-t-il réagir ? Adrien ayant disparu, je me retrouve seul avec mes interrogations.

Pourtant, pas vraiment... Le groupe s'est rapproché. Soudain, la fille aux cheveux courts qui se nomme Ariane - je l'ai su plus tard – me crache à la figure et fait mine de me gifler. Les quatre garçons qui l'accompagnent se tordent de rire et font semblant d'en faire autant. Quel accueil ! Adrien avait raison de me mettre en garde. J'hésite, mais l'appel du sorcier de **Bora Bora** est le plus fort et je décide d'affronter cette bande d'agités.

La surprise les cloue sur place quand je brandis la baguette de mademoiselle Leneck et que je récite à haute voix la formule magique du vieux sorcier. Aussitôt, la fille leur fait signe de ne plus bouger et croise les bras sur sa poitrine d'un air provocateur. Elle me défie du regard et je devine qu'elle me prend pour un mec qui raconte des blagues. Je vais donc lui prouver qu'elle se trompe.

Je me concentre et espère que le vieux sorcier ne va pas me laisser tomber. Bingo ! Je sens monter en moi une vibration et la baguette m'échappe soudain des mains. Elle se met à tournoyer dans les airs avant de se poser à mes pieds dans un nuage d'étoiles. Les quatre garçons affolés s'enfuient à toutes jambes tandis qu'Ariane me regarde **bouche bée**.

— Tu as vraiment des dons de sorcier, s'exclame-t-elle ! C'est formidable. Les garçons sont tellement menteurs et manipulateurs que je croyais que tu racontais des histoires pour te faire remarquer. Excuse-moi.

En disant ces mots, elle s'approche et m'embrasse sur la joue en ajoutant :

— Tu peux me demander ce que tu veux, je te suivrai au bout du monde.

Quel changement ! Je la regarde de plus près et je remarque que ses yeux sont d'un bleu profond envoûtant et que ses cheveux encadrent un visage très fin à la pâleur de porcelaine. Elle est belle, d'une beauté fragile qui contraste avec la force de son caractère. J'en oublie Solène.

— J'ai besoin d'une amie, dis-je sous le charme.

Elle ferme les yeux et chuchote :

— Alors, tu es tombé sur la bonne personne, car je veux bien être cette amie et je ferai tout pour t'aider. À la vie, à la mort, conclut-elle en me tendant sa main.

Je suis sur le point de la saisir quand un surveillant apparaît et nous crie de retourner immédiatement à notre salle d'étude. Nous décampons en riant. Une fois sur place, nous nous installons au fond de la salle sous le regard désapprobateur du jeune surveillant que notre entrée tardive a dérangé dans la lecture de son magazine. Les élèves penchés sur leur cahier n'ont pas relevé la tête à notre arrivée, mais Ariane me fait remarquer en souriant que plusieurs d'entre eux nous observent par en dessous. C'est plus tard que je comprends qu'Ariane est très respectée dans l'école et qu'elle est un genre de chef de bande. Je dis, un genre, car très rapidement les choses vont changer. Mais ce soir-là, je suis sur un nuage. Grâce au sorcier de **Bora Bora** et au ***mana*** qu'il m'a transmis, je vais pouvoir utiliser mes nouveaux pouvoirs. Pourtant, dans l'immédiat, la situation apparaît compliquée. Plusieurs élèves commencent à me regarder carrément de travers. Certains chuchotent et glissent des petits papiers sous les bureaux. Évidemment le surveillant ne voit rien, le nez toujours plongé dans son magazine. Quant à Ariane, elle me couve du regard et semble ne s'apercevoir de rien non plus. Tout à coup, un élève se lève. C'est Fred. Je ne l'ai croisé qu'une fois mais je le reconnais immédiatement. Il interpelle le surveillant, puis me désigne du doigt.

— C'est lui !

Cette fois, tous les visages se tournent vers moi. Je n'en mène pas large et commence par piquer un fard.

Heureusement, Ariane prend les choses en main et se lève à son tour.

— C'est moi la coupable. Je l'ai entraîné au fond de la cour pour lui expliquer le fonctionnement de l'école et surtout pour l'initier à ce que vous connaissez tous.

Elle termine sa phrase en baissant la voix. Les élèves captent le message à l'exception du surveillant, nouveau dans l'établissement, qui prend un air effaré et s'agite derrière son bureau.

— C'est quoi ce cirque ! crie-t-il à bout de nerfs. Je veux des explications.

— C'est simple, reprend Ariane, nous sommes arrivés en retard parce que mademoiselle Leneck était avec nous.

Le surveillant n'en croit pas ses oreilles et se laisse tomber sur sa chaise en marmonnant :

— C'est bon, je vais vérifier.

Puis il reprend sa lecture tandis que Fred nous fait un bras d'honneur avant de se rassoir, furieux. Je comprends alors que je me suis fait un ennemi. Le premier d'une longue liste à venir !

20 En proie aux doutes

Il est cinq heures du matin quand le lendemain je me réveille, trempé de sueur. J'ai fait un horrible cauchemar. Le dortoir, plongé dans l'obscurité, ne me rassure pas et, instinctivement, je m'approche du lit d'Adrien que je secoue doucement. Il se réveille en grognant.

— Qu'est-ce qui se passe ? me demande-t-il en ouvrant un œil.

— Je crois que notre responsable de maison est en danger.

— Mademoiselle Leneck ?

— Ben oui, qui d'autre ! J'ai vu dans mon rêve un homme la poignarder.

— Parce que maintenant tu lis dans l'avenir ! Tu vas finir par te mettre toute l'école à dos. N'en fais pas trop mon pote !

La réaction d'Adrien me surprend et me peine aussi. Il s'en aperçoit, s'assoit sur son lit et me chuchote à l'oreille :

— Écoute, je suis ton ami et ne te laisserai jamais tomber.

Nous avons deux heures devant nous avant la sonnerie du matin. Alors, je te propose de retourner à la maison abandonnée. Tu ramèneras le **pilulier** à mademoiselle Leneck et nous fouillerons toutes les pièces. Je suis sûr que les gendarmes sont passés à côté d'indices importants.

Aussitôt dit, aussitôt fait. Adrien se lève, enfile à toute vitesse ses vêtements de sport. Je l'imite sans un mot, trop heureux de pouvoir compter sur un pareil copain. Puis, nous prenons chacun notre lampe-torche et sortons du dortoir sur la pointe des pieds. Sans qu'on s'en aperçoive, Miou-Miou nous suit à pas de velours.

Une fois dans la nuit, je ne peux m'empêcher de frissonner et serre mon **gri-gri** dans la main. Adrien me fait signe de me dépêcher et c'est au pas de course que nous gagnons le fond du parc, là où se trouve la faille dans le mur d'enceinte de l'école. Cette faille est due à un éboulement qui permet d'accéder à la forêt. Elle a été comblée maladroitement et il ne nous faut pas longtemps pour dégager un étroit passage. Nous nous y engouffrons et débouchons sur un talus boisé que je reconnais. Un sentier le prolonge et je sais qu'il mène

au vieux manoir. Sans hésitation, nous l'empruntons et arrivons rapidement devant la bâtisse abandonnée.
De gros nuages obscurcissent l'horizon et aucun rayon de lumière ne parvient jusqu'à nous. Nous devinons à peine les contours de la maison et nos lampes-torches sont impuissantes à l'éclairer. Pas facile de s'orienter dans ces conditions ! Nous sommes d'ailleurs sur le point d'abandonner quand Miou-Miou apparaît et, la queue dressée, nous montre le chemin. Décidément, ce chat est toujours là dans les moments difficiles ! Je remercie silencieusement le vieux sorcier de **Bora Bora** de nous l'avoir envoyé car j'ai la conviction que c'est lui qui est à la manœuvre.
Confiants, nous entrons dans la maison, le chat sur les talons. Une curieuse odeur que nous n'avions pas remarquée la première fois flotte dans l'air. Je jette un regard inquiet à Adrien qui hausse les épaules tout en me faisant signe de le suivre. Il entre dans la cuisine et s'arrête, stupéfait. Un horrible spectacle s'offre à nos yeux et j'ai du mal à retenir un haut-le-cœur : un chien éventré est étalé sur la table, une multitude de mouches bourdonnant autour

de sa plaie **béante**. Un mot que notre professeure de français vient de nous apprendre et que je ne suis pas prêt d'oublier !

— Je le reconnais, s'écrie mon copain, c'est le chien de Daniel le jeune squatter qui dort souvent ici.

Pris de panique, il fait demi-tour et je dois me forcer à le retenir car moi non plus je n'en mène pas large. Mais nous avons une mission à accomplir et un honneur à défendre. Je pense bien sûr à Solène qui ne me le pardonnerait pas. Pourtant c'est le visage d'Ariane qui s'impose soudain dans mon esprit et me donne le courage d'avancer. Sans hésiter, j'attrape Adrien par le col de sa veste de sport et l'entraîne vers le hall d'entrée.

L'immense pièce est plongée dans l'obscurité. Nous trébuchons sur plusieurs amas de plâtre tombé du plafond avant de parvenir à l'escalier derrière lequel se cache la trappe qui mène à la cave.

— On y retourne ?

Seul le miaulement de Miou-Miou me répond. Adrien, lui, garde le silence. Faisant celui qui n'a rien remarqué, je m'enfonce dans les ténèbres du sous-sol, ma torche projetant une lumière tremblotante sur les murs tachés d'humidité. Je n'ai rien dit à mon copain mais j'espère retrouver le mannequin en paille que les gendarmes n'ont pas pris le temps d'examiner. On ne sait jamais, des indices y sont peut-être cachés. Malheureusement, il a disparu. C'est clair, quelqu'un est revenu sur place depuis notre dernière visite. Mais qui ? Le criminel sans doute. C'est alors qu'une idée me vient à l'esprit. Je me précipite à l'endroit exact où se trouvait le mannequin et je me mets à fouiller tout autour. Adrien est resté derrière moi et ne bouge pas. Soudain, il pousse un cri qui me fait sursauter.

— Regarde juste à tes pieds ! C'est la vieille règle de Chichemine. Je la reconnais.

— Impossible ! Qu'est-ce qu'elle ferait là ?

Il prend un air mystérieux et déclare :

— Peut-être vient-il ici avec mademoiselle Leneck pour assister à des séances de **magie noire** ?

Je n'y crois pas une seconde et hausse les épaules. Cette sorte de magie est bien trop dangereuse pour des amateurs. Et puis, curieusement, je commence à ne plus considérer mademoiselle Leneck comme une ogresse mais plutôt comme une originale qui se passionne pour la sorcellerie blanche, celle qui aide les gens.

— Nous le saurons bientôt quand nous rapporterons cet objet à son propriétaire, dis-je pour le rassurer.

— Tu es fou ! C'est trop risqué.

— Mais non. Fais-moi confiance et retournons à Saint-Romain sans nous faire remarquer.

21 La vie s'organise

Nous sommes de retour quelques minutes avant la sonnerie et faisons semblant de nous réveiller. Les autres élèves n'y voient que du feu tellement les cheveux d'Adrien ont naturellement l'air en bataille. Je me lève le premier et me dirige avec assurance vers les douches. Une surprise de taille m'y attend : notre surveillant, flanqué de Chichemine, m'accueille le doigt accusateur.

— Où étais-tu ce matin aux alentours de 6h ? Ne mens pas, j'ai fait ma ronde et j'ai très bien vu que ton lit et celui de ton copain étaient vides.

— Nous avions une mission à…

— … une mission ! m'interrompt Chichemine sur le point de s'étrangler de rage. Tu te fiches de notre tête ?

Il lève ses deux poings et j'ai l'impression qu'il va me frapper. Heureusement, il se ressaisit à la dernière minute et se contente de me bousculer avec son gros ventre. Il est tellement fort que je bascule en arrière et m'écroule sur le sol. C'est à ce moment précis qu'arrive Adrien qui, courageusement, lui jette à la figure :

— Nous avons trouvé votre règle dans la cave de la maison abandonnée.

L'effet est immédiat. Chichemine semble se liquéfier sur place. Il nous regarde, hébété, puis se met à rire.

— Ah, les petits farceurs ! Où êtes-vous allés chercher cette fable ?

— On verra ce que mademoiselle Leneck dira quand je la lui donnerai.

— Pas question ! s'écrie Chichemine en se précipitant sur mon copain qui, ayant vu le coup venir, s'échappe en courant.

Je suis **bluffé** et profite de la confusion pour disparaître dans les douches. Le jet d'eau chaude me calme et me remet vite les idées en place. Comme on n'entend plus de bruit, je me force à réfléchir. Quel rôle joue Chichemine dans cette histoire ? Est-il le partenaire de mademoiselle Leneck ou son adversaire ? Je repense soudain au **pilulier** tombé de sa poche et une évidence me saute au visage. Et si c'était lui qui était retourné sur place, avant nous, pour voler le

pilulier de mademoiselle Leneck ? Attiré par ses soi-disant pouvoirs magiques, il aurait ainsi saisi l'occasion de s'en emparer. Je trouve que c'est un scénario qui tient la route et j'ai hâte d'en discuter avec Adrien. Seul point noir : je n'ose pas imaginer la suite. Chichemine, a-t-il été dérangé par un chien errant et l'aurait-il tué ? Cet homme est une brute épaisse que tous les élèves détestent mais est-il capable de tuer un animal ? La question reste pour l'instant sans réponse.

De retour dans le dortoir, je m'habille en vitesse et pars rejoindre Adrien au **réfectoire**. Beaucoup d'élèves sont déjà installés et je suis à peine entré que j'aperçois Pierre qui semble s'impatienter. En me voyant, il me fait aussitôt de grands signes et je comprends que je dois aller lui chercher son petit-déjeuner. Je m'exécute sur-le-champ, me promettant de prendre plus tard ma revanche sur cet élève tyrannique. Mais Vicky en décide autrement et m'attrape par la manche.

— Laisse tomber cet idiot ! C'est moi qui deviens maintenant ton protecteur. Viens et n'en parlons plus !

Je lui emboîte le pas à demi rassuré, m'assois à côté de lui et constate que trois adultes partagent notre table. Je reconnais Madame Decay, ma jolie professeure de français, qui me fait un large sourire et Crâne d'œuf qui ne daigne pas me jeter un regard, trop occupé à dévorer d'énormes tartines de pain. Vicky me fait un clin d'œil et me lance en riant :

— Tu es bien entouré ici et tu ne risques rien. Et puis c'est très bon pour ta réputation dans l'école.

Je hausse les épaules, peu convaincu. Ariane me fait pourtant changer d'avis lorsqu'elle nous rejoint et s'extasie devant la rapidité à laquelle j'ai été accepté à la table la plus enviée de l'école. Je suis obligé de l'admettre.

— Mademoiselle Leneck vient parfois s'assoir avec nous, me chuchote-t-elle. C'est même à cette occasion que se décident les réunions de notre ordre. Mais tous ses membres n'ont pas le droit de s'assoir à cette table. D'ailleurs, tu n'y verras pas ton copain Adrien, encore moins cette chipie de Solène.

— Tu ne l'aimes pas beaucoup, on dirait ?

— Personne ne l'aime vraiment. Elle joue à la star parce

qu'elle est la fille d'un riche industriel de la région et se croit tout permis. En fait, elle profite des uns et des autres pour arriver à ses fins. On dit même qu'un élève des grandes classes fait ses devoirs à sa place ! En plus, son père est l'un des plus gros bienfaiteurs de l'école. Alors tu m'as comprise, le directeur ferme les yeux sur toutes ses bêtises et excentricités.

— Adrien m'avait un peu prévenu, dis-je en soupirant. Mais c'est pire que ce que je pensais.

— Tu es comme les autres garçons, tu es tombé sous son charme avant de t'apercevoir qu'elle te manipulait !

Un peu vexé, je vais pour répliquer quand j'aperçois mademoiselle Leneck qui se dirige d'un pas décidé vers notre table. Ariane l'a aperçue également et me fait avec les doigts le signe V de la victoire. Sur le moment, je ne comprends pas de quelle victoire elle veut parler. Je vais pourtant comprendre rapidement.

Mademoiselle Leneck arrive telle une tornade et s'assoit lourdement à côté de Vicky. Puis elle pose ses coudes sur la table en s'exclamant :

— Quelle histoire !

Devant nos airs étonnés, elle se tourne vers moi :

— Adrien m'a tout raconté. Je suis immédiatement allée trouver Chichemine qui a aussitôt avoué le vol de mon **pilulier**. Ce pauvre imbécile pensait pouvoir de cette manière s'emparer de mes dons en sorcellerie ! Dans sa folie, il a même tué un chien avant de quitter les lieux, complètement paniqué. Ça explique que vous ayez trouvé sa règle qui d'habitude ne le quitte jamais.

— Que va-t-il se passer maintenant ? demande Ariane.

— Je vais le signaler au directeur. Cet homme n'a plus sa place à Saint-Romain.

Nous sommes tous impressionnés mais savons qu'il y a pire : un meurtrier court toujours. Comme si elle lisait dans nos pensées, mademoiselle Leneck se penche vers moi et murmure :

— Nous devons maintenant résoudre rapidement le mystère de l'homme assassiné dans la maison abandonnée. Il en va de notre réputation et je pense, Quentin, que tu vas pouvoir nous aider.

Je suis flatté, un peu effrayé aussi car la tâche s'annonce difficile. Mais avec l'aide du sorcier de **Bora Bora**, je peux sans doute vaincre tous les obstacles. Je sens la main d'Ariane qui sert la mienne et cela finit par me convaincre.

— Je suis prêt, dis-je, fier de ma décision. Quand agissons-nous ?

— Ce soir, rendez-vous sous le vieux chêne à l'extinction des feux.

22 Le saut dans l'inconnu

— Cool ! s'écrie Adrien quand je lui explique ce qui vient de se décider au **réfectoire**. Je viens avec vous !

J'hésite, puis j'accepte de bon cœur. Après tout, Adrien est mon meilleur copain et c'est à moi de l'imposer. À l'heure dite, nous nous échappons du dortoir et filons vers le lieu de rendez-vous pleins d'espoir. Cette fois, nous savons que la force est de notre côté et que rien ne pourra nous arrêter.

J'ai emporté avec moi ma baguette magique et j'ai la conviction que le vieux sorcier de **Bora Bora** nous accompagne.

Nous arrivons les premiers au vieux chêne et en profitons pour explorer la **cavité** du vieil arbre qui reste désespérément vide de tout message. Pas étonnant ! N'est pas sorcier qui veut et, à la dernière réunion de l'ordre, je n'ai pas été convaincu par les gesticulations de Vicky. Je ne lui en veux pas, il fait ce qu'il peut. Son influence sur les élèves lui donne une autorité naturelle que mademoiselle

Leneck essaie d'utiliser tant bien que mal. Quant aux pouvoirs magiques de cette professeure aussi mystérieuse qu'inquiétante, il semble eux aussi plutôt limités. Mais qui sait, tout peut changer.

J'en suis là dans mes réflexions quand je la vois arriver, le gros chat de l'école enroulé autour de son cou, suivie d'Ariane en tenue de sport noire. Quel **aréopage** !

aéropage = réunion de gens compétents et savants

comme dirait notre professeure de français qui adore nous apprendre des mots inconnus.

— Ne perdons pas de temps, s'exclame-t-elle en nous apercevant. Rendons-nous immédiatement à la maison abandonnée.

L'air grave, nous lui emboîtons le pas. Une fois sur place, mademoiselle Leneck distribue les rôles avec autorité.

— Toi, Adrien, tu vas faire le guet. Prends ce sifflet et ne l'utilise qu'en cas de nécessité. N'oublie pas, ton rôle est très important. Il en va de notre sécurité.

Je vois que mon copain n'est pas d'accord et fait la tête. Il a l'impression d'être laissé de côté. Il se trompe car c'est lui qui va bientôt être au centre des opérations ! Évidemment, il ne le sait pas encore et pousse un gros soupir qui me fend le cœur. Mademoiselle Leneck continue sur sa lancée :

— Ariane, j'aimerais que tu fouilles avec moi la cave. Il va falloir la passer au peigne fin car je suis sûre qu'on a raté quelque chose.

— Au peigne fin ? demande-t-elle.

— C'est une expression. Il va falloir inspecter tous les recoins centimètre par centimètre.

Je me permets de faire remarquer que cela ne va pas être très facile. Il fait sombre et nos lampes-torches n'éclairent pas comme des spots électriques. Mademoiselle Leneck balaie ma remarque d'un revers de manche.

— Qui est le sorcier ici ?

J'en reste muet de surprise. A-t-elle perdu la tête ? Croit-elle que je vais faire des miracles ? Je ne suis encore qu'un apprenti sorcier et je me demande comment je vais réussir un tel exploit. Préférant ne rien répondre, je la suis en silence, la boule au ventre. À côté de moi, Ariane me sourit et n'a pas l'air inquiète. Un peu rassuré, je serre ma baguette dans une main et attrape mon **gri-gri** avec l'autre.

Puis je commence à réciter la formule magique que m'a apprise le sorcier de **Bora Bora**.

Comme pour la première fois, l'effet est immédiat. Je sens une légère vibration suivie d'une curieuse chaleur envahir mon corps. J'ai aussi l'impression que ma vue devient plus perçante, traverse les objets. Mais c'est en arrivant dans la cave que l'impensable se produit.

23 Un sorcier est né

Un éclair gigantesque illumine soudain tout le sous-sol. Ariane ouvre de grands yeux tandis que mademoiselle Leneck se met à hurler :

— La baguette… la baguette !

De son côté, le chat Miou-Miou en profite pour sauter à terre et filer en direction d'une vieille armoire rouillée que nous n'avions pas remarquée. C'est la panique. Gardant mon calme, j'agite en l'air la fameuse baguette et une pluie d'étoiles se répand autour de moi. Fait extraordinaire, une force invisible me pousse vers l'armoire devant laquelle m'attend Miou-Miou, le poil hérissé. En m'approchant tout en récitant ma formule magique, j'entends une voix me murmurer :

— La preuve est là !

Décidé à en avoir le cœur net, je tends le bras pour ouvrir la porte de l'armoire quand, à ce moment précis, le bruit d'un sifflet perce le silence.

Nous nous figeons tous les trois sur place.

C'est Adrien qui nous prévient. Que faire ? Le gros chat de l'école nous apporte aussitôt la réponse. Il bondit en direction de la trappe et disparaît dans l'obscurité, sacré Miou-Miou toujours prêt à nous aider !

Parvenus dans le hall d'entrée, nous avons la surprise d'apercevoir plusieurs silhouettes qui se déplacent prudemment dans la pénombre. Adrien, en nous rejoignant, nous fait signe de nous accroupir.

— Ils sont armés, chuchote-t-il.

— Et combien sont-ils ? demande mademoiselle Leneck visiblement inquiète.

— Quatre ou cinq, répond Adrien.

Il semble mal à l'aise, hésite puis finit par ajouter :

— J'ai cru reconnaître Vicky.

— Vicky ? hurle mademoiselle Leneck, hors d'elle.

— Qui est là ? gronde une voix sévère. Gendarmerie nationale... Rendez-vous !

C'est le comble ! Voilà qu'on nous prend pour des criminels.

— Si, après les sommations d'usage, vous ne vous rendez pas, nous serons obligés de faire usage de nos armes, continue la voix.

— Ça suffit ! hurle mademoiselle Leneck en se redressant. Nous sommes de Saint-Romain.

— Avancez vers nous, les mains sur la tête ! Nous allons vérifier.

Les gendarmes allument leurs projecteurs et les braquent dans notre direction. Je reconnais l'officier qui s'avance vers nous.

— Capitaine Legrain, fait-il avec raideur. Je suis chargé de l'enquête concernant le meurtre de ce jeune squatter retrouvé assassiné dans cette maison. Mais vous, que faites-vous là en pleine nuit ?

— Et vous ? le provoque Ariane.

Interloqué, il ne répond pas immédiatement et ma courageuse copine en profite pour enfoncer le clou.

— Pourquoi y a-t-il avec vous un élève de Saint-Romain ? Curieux, non ?

— En effet, un élève de votre école nous a avertis de la présence de lumières suspectes à l'intérieur de la maison et, plus grave, nous a informés de la complicité d'un professeur.

— Quoi !

Nous poussons en même temps un cri si fort que l'officier nous regarde, étonné.

— Qu'y a-t-il de si surprenant ? Vous savez quelque chose ?

C'est alors que mademoiselle Leneck prend la parole.

— Capitaine, vous avez devant vous de courageux enfants qui cherchent la vérité et que j'essaie modestement d'aider. Nous savons qu'un professeur de Saint-Romain, que je ne nommerai pas, a enfreint la loi de notre établissement en volant un objet qui ne lui appartenait pas. L'affaire sera réglée en interne et ne regarde pas la gendarmerie. Si nous sommes ici ce soir, c'est uniquement pour trouver la preuve qui désignera le meurtrier de ce pauvre jeune homme qu'un de nos élèves a découvert accidentellement. Nous voulons aussi...

— ... Qui vous fait croire que vous allez trouver cette preuve maintenant, en pleine nuit, et sans l'aide d'enquêteurs professionnels ? l'interrompt le capitaine agacé.

Mademoiselle Leneck hésite puis déclare :

— Nous avons une arme secrète.

Cette fois, l'officier éclate de rire.

— Quelle blague ! Je ne sais pas ce que vous apprenez à vos élèves, mais sachez que vous n'êtes pas dans un jeu vidéo, mademoiselle, mais dans la triste réalité.

Ariane me jette un regard qui en dit long et je comprends son message. Fort de son soutien, je me décide. Je ferme les yeux, me concentre sur ce précieux ***mana*** que m'a transmis le sorcier de **Bora Bora** puis, la baguette pointée en avant comme je l'ai vu faire, je lance sur le gendarme et ses hommes un sortilège. Bingo ! Les voilà qui s'immobilisent dans leur dernière attitude et nous pouffons de rire.

— Quelle classe ! s'exclame Ariane en me sautant au cou. Je n'ai jamais vécu une chose pareille.

— Moi non plus, avoue mademoiselle Leneck.

Seul Vicky a échappé au sortilège et s'avance timidement vers nous.

— Je vais vous expliquer, commence-t-il d'une voix mal assurée.

— Ça va être difficile, mon pote ! ricane Adrien qui s'est approché de lui, les poings serrés.

— Vexé de ne pas avoir été invité à venir avec vous, j'ai d'abord pensé à vous dénoncer, continue-t-il au bord des larmes. Puis j'ai pris peur et j'ai appelé les gendarmes… vous ne savez pas de quoi est capable cet homme.

— Chichemine est un imbécile, pas un assassin ! explose mademoiselle Leneck.

Vicky la regarde comme s'il voyait un fantôme.

— Mais je ne parle pas de Chichemine !

Nous restons sans voix, sous le choc. C'est Ariane qui reprend ses esprits la première et lui demande avec douceur :

— Enfin, de qui parles-tu ? Explique-toi, nous ne comprenons plus rien.

— Cela fait des jours que je surveille monsieur Brown, le professeur d'anglais des cinquièmes. Depuis son arrivée à l'école, je lui trouve un comportement bizarre. Alors, un soir, je l'ai suivi jusqu'à son studio. Notez qu'il est le seul à habiter au fond du parc, près du mur d'enceinte de l'école. Là, vous ne devinerez jamais ce que j'ai découvert !

Devant nos airs interrogateurs, il ajoute :

— Suivez-moi, je vais vous montrer.

24 Quentin triomphe

Alors que nous allons pour suivre Vicky, un curieux détail me revient en mémoire. Je me souviens que, peu après le cours d'anglais, Adrien m'avait parlé de la curieuse attitude de monsieur Brown qui disparaissait de l'établissement pendant des heures et revenait l'air harassé, les poches pleines et le regard fuyant. Je n'y ai pas attaché d'importance sur le moment, mais maintenant je me demande s'il n'existe pas un lien avec cette maison abandonnée. Je remarque aussi un échange de regards entre Vicky et Adrien qui me paraît suspect. Sont-ils complices ?

Heureusement, Adrien qui a deviné mes pensées, me tape sur l'épaule.

— T'inquiète ! On est *clean* tous les deux, on est seulement des apprentis enquêteurs !

Je soupire. J'ai besoin d'y voir clair et pour cela, je dois suivre mon instinct. Alors, au lieu d'accompagner Vicky qui fonce dans la cuisine, je retourne à la cave, le chat sur les talons. Adrien qui a compris mes intentions m'emboîte le pas. Je l'entends marmonner dans mon dos :

— C'est toi le plus fort !

Sans hésiter, je me dirige vers l'armoire que j'essaie d'ouvrir mais la porte est fermée à clé. Alors j'emploie les grands moyens et tends ma baguette en direction de la serrure. Une étincelle en jaillit et la porte s'ouvre ! À l'intérieur, des sacs emplis d'ossements et de bijoux anciens s'empilent sur les étagères. Je pense tout de suite au vol de **reliques**

relique = objet sacré, reste d'une personne vénérée ou d'un objet qu'elle a possédé

dans l'église de Saint-Léonard de Honfleur.

— On a affaire à des pilleurs d'église ! je m'écrie stupéfait.

Puis je me tourne vers mon copain :

— Tu te doutais de quelque chose ?

— Avec Vicky on avait des doutes, mais on voulait être sûrs avant d'alerter la gendarmerie.

— Mon Dieu… les gendarmes !

Nous nous précipitons dans le hall. Les gendarmes y sont toujours. Une horrible angoisse me saisit : comment défait-on un sortilège ? Je récite à toute vitesse la formule magique que je connais mais il ne se passe rien. Affolé, j'agite ma baguette dans tous les sens. Il ne se passe rien non plus. L'heure est grave car il en va de ma réputation et de la vie de ces hommes. C'est à ce moment qu'Adrien me crie :

— Vite, trace le cercle des ombres !

Évidemment, il va multiplier mes pouvoirs. Comment n'y ai-je pas pensé ? Je pénètre à l'intérieur du cercle et je récite de nouveau ma formule magique. Dans mes mains, la baguette s'agite et je la pointe en direction des gendarmes qui, dans une pluie d'étincelles, se mettent à s'agiter et à regarder autour d'eux.

— Que s'est-il passé ? demande le capitaine Legrain, un peu perturbé par l'expérience.

— On a découvert la cache d'un trafiquant de **reliques** et on croit connaître son nom ! Venez, on va vous montrer.

Le gendarme en oublie sa question et se précipite derrière nous, faisant signe à ses hommes de le suivre. La suite des événements va très vite. Constatant les faits, il nous félicite et promet de ne pas mentionner dans son rapport le nom de l'école. À notre grand étonnement, mademoiselle Leneck, qui arrive au même moment, en pleure de joie.

À une condition, ajoute pourtant le capitaine, que vous me donniez le nom du coupable. Je devrais dire le nom de ce meurtrier, car c'est probablement lui qui a tué le jeune rôdeur. Il ignorait que cet homme squattait la maison et, dérangé en plein trafic, il s'est débarrassé d'un témoin qui pouvait le dénoncer. L'enquête l'établira rapidement.

Le retour à Saint-Romain se fait dans le silence. Très émue, mademoiselle Leneck tient Ariane par la main et nous marchons serrés les uns contre les autres.

— Nous faisons maintenant partie d'un clan et sommes tous liés par la loi du silence, déclare-t-elle en arrivant devant le bâtiment des dortoirs. Tout ce que nous voyons, tout ce que nous disons doit rester entre nous.

Nous approuvons tous d'un signe de tête, conscients de notre importance et de la chance que nous avons. Puis, cette femme qui nous faisait si peur, nous embrasse tour à tour avant d'ajouter :

— Vous êtes sous ma protection. Ensemble, nous allons faire de grandes choses. Quentin va devenir le Grand Frère de notre ordre, assisté par Vicky qui se fera une joie de l'aider.

Vicky s'incline tandis que je rougis de plaisir. Quel changement en si peu de temps ! Adrien a raison, je vais devenir le roi de l'école. Heureux à cette pensée, je regagne mon dortoir en compagnie de mon copain qui, une fois assis sur son lit, me dit calmement :

— Attention mon pote, tu vas devoir assurer ! Ariane et moi en avons discuté, nous aimerions être initiés à la magie pour devenir tes lieutenants. Tu sais, il va falloir te méfier de Vicky. Il n'a sûrement pas aimé devenir le numéro deux de l'ordre et va peut-être essayer de se venger.

Je hausse les épaules.

Miou-Miou, sorti de nulle part comme à son habitude, saute sur mon lit et me fixe de ses deux boules jaunes. J'ai l'impression qu'il veut rester lui aussi à mes côtés et devenir un de mes lieutenants. Un tendre miaulement me répond quand je m'approche pour le caresser. Nous nous sommes compris.

Je me sens enfin heureux à Saint-Romain. J'y ai découvert que la confiance en soi est ce qu'il y a de plus important pour surmonter ses peurs, ses doutes et aller de l'avant malgré les difficultés.

J'ai aussi appris que l'amitié est la plus belle chose au monde. Le vieux sorcier de **Bora Bora** m'avait fait découvrir certains dons que j'avais cachés en moi. Mais que serais-je devenu sans mes nouveaux copains ? Je souris à Adrien et lui serre la main avec émotion.

— Ne t'inquiète pas : grâce à mes nouveaux pouvoirs, nous allons déjouer ensemble les forces du mal. Je reste confiant, l'ordre des Sorciers normands est prêt à relever tous les défis.

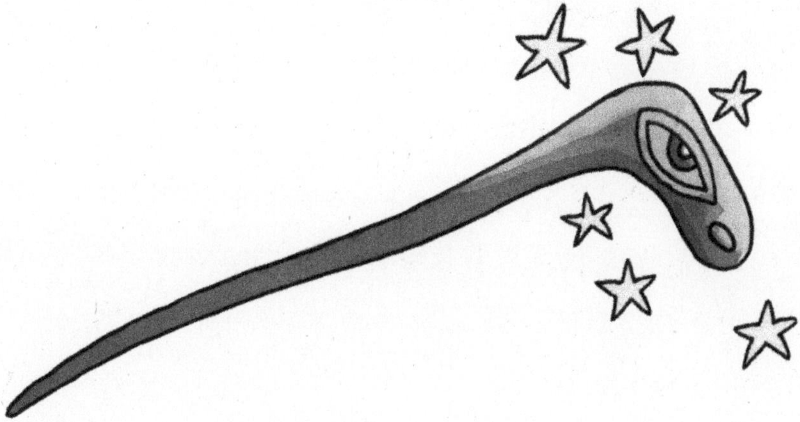

Épilogue

Adrien ne semble pas complètement satisfait, il me demande :

— Mais quand vas-tu nous parler de cette île lointaine et nous raconter comment tu es devenu sorcier.

— C'est une longue histoire, dis-je dans un murmure.

Miou-Miou, qui n'est jamais loin, se frotte contre moi avec insistance. Lui aussi veut savoir !

Je capitule et je déclare d'un air **solennel** :

— Demain après l'étude du soir, sous le vieux chêne, viens avec Ariane et Miou-Miou. Je vous raconterai tout.

Françoise Saint Chabaud a enseigné la littérature à La Sorbonne et partagé sa vie entre sa Normandie et Tahiti. Elle vit désormais dans le pays d'Auge où elle écrit des polars et des romans pour la jeunesse.

Franco-suédoise, **Charlotte Sjöstrand** s'est formée à l'école des Beaux-Arts de Paris.
Elle enseigne le dessin au Havre. Elle est notamment publiée chez L'école des loisirs et chez Leduc.

Glossaire

A

acquiescer = accepter d'un signe de tête, approuver

aéropage = réunion de gens compétents et savants

affublé = habillé avec un vêtement étrange ou ridicule.

aviser = voir soudain quelque chose ou quelqu'un

B

béant = largement ouvert

bluffé = impressionné, origine américaine

bouche bée = la bouche ouverte d'admiration ou d'étonnement

Bora Bora = petite île dans l'océan Pacifique où habitent les parents de Quentin

bougonner = parler bas, tout seul, en montrant qu'on est de mauvaise humeur

C

cavité = partie creuse, trou

cellule olfactive = cellule qui permet de sentir les odeurs

condescendant = supérieur, méprisant, insolent

crânement = courageusement, fièrement

E F

être dans les vapes = être un peu endormi

fakir = magicien de tradition indienne

fayot = lèche-bottes, qui flatte ses supérieurs, flatteur

G I

gravats = morceaux provenant d'une démolition

gri-gri = petit porte-bonheur magique, talisman

internes = élèves hébergés et nourris dans l'école

L

lagon = petit lac peu profond séparé de la mer par une barrière ou un cordon de corail

en **lévitation** = suspendu au-dessus du sol

M

magie noire = magie utilisée pour faire le mal

mana = force magique, origine polynésienne

minauder = faire des manières pour plaire ou séduire

minus = personne peu intelligente et peu intéressante, langage familier

N O

Niagara = chutes d'eau spectaculaires en Amérique du Nord

olibrius = sot, incapable qui fait le malin

opiner = dire oui sans dire un mot, par un simple signe

P

parlementer = discuter pour obtenir ce que l'on souhaite

patiné = dont la couleur est plus terne avec le temps

pilulier = boîte à pilules, à médicaments

prunelle = pupille = petit cercle noir au centre de l'œil

R S

réfectoire = cantine, salle à manger de l'école

relique = objet sacré, reste d'une personne vénérée ou d'un objet qu'elle a possédé

rocambolesques = incroyables, extraordinaires

solennel = sérieux et important

subjugué = sous le charme

T

traversin = oreiller cylindrique de la largeur du lit, polochon

tétanisé = qui ne peut plus bouger, figé par la peur

Dans la collection J

Rosa, Ylanie et Camille partent pour la première fois en vacances toutes les trois ensemble, sans leur famille. Au programme : bronzer, se promener et manger !

Pourtant, un lapin va pointer le bout de son museau et entraîner les demoiselles dans une drôle d'aventure...

Une histoire de vacances, d'amitié, d'amour et de lapins !

2024

Sous le chêne centenaire de l'internat normand, Quentin retrouve ses copains de collège. Il leur raconte ses nouvelles aventures dans le Pacifique. Un jeteur de sorts sème la panique sur l'île de Bora Bora. Avec son ami Maui et la jolie Louise, Quentin va affronter les dangers et effectuer ses premiers pas d'apprenti sorcier.

Parviendra-t-il à mener sa difficile enquête et sortira-t-il indemne de cette aventure à haut risque ?

2025

La collection J pense à tous les Juniors dès 9 ans :
ceux qui dévorent les livres,
ceux qui ont des difficultés pour lire ou pour comprendre
et aussi ceux qui n'aiment pas trop lire.

La **motivation est favorisée** : les juniors s'identifient à de jeunes héroïnes et héros, ces derniers sont présentés en amont de l'ouvrage.

La **mise en page est adaptée** : taille et forme des lettres, crénage, interlignes confortables, espacement identique entre chaque mot, illustrations ...

La **compréhension est facilitée** : phrases courtes, voix active et registre explicite privilégiés, récit chronologique...

Pour **réduire le risque de déconcentration** — ou perte du fil de la lecture — les habituelles notes de bas de page sont remplacées par des définitions insérées dans le texte.

Un **glossaire** contient les mots difficiles. De plus, chacun de ces mots est défini dans la page où il apparaît pour la première fois.

Orthophonistes, enseignants et parents peuvent obtenir un fichier au format traitement de texte pour individualiser les adaptations.

www.lapommequirit.fr/junior/

Éditions S-Active
1 rue Jules Siegfried 76570 Pavilly
35 rue de Tanger bat A 75019 Paris

sactive@laposte.net
www.lapommequirit.fr

Littérature adaptée : Marguerite Soudey
Correction et maquettage : Claudie Delétang-Meuziau – Blandine Féron

Imprimé en France [redacted] sur du papier issu de forêts gérées durablement

Loi du 16 juillet 1949 sur les publications destinées à la jeunesse

ISBN : 979-10-96709-59-5

Dépôt légal : mai 2024